ハーレクイン文庫

初恋は切なくて

ダイアナ・パーマー

古都まい子 訳

JN052486

HARLEQUIN
BUNKO

CHAMPAGNE GIRL

by Diana Palmer

Published by Harlequin Japan, a Division of K.K. HarperCollins Japan, 2024

初恋は切なくて

◆主要登場人物

キャサリン・ブレイク……新社会人。
ベティ・ブレイク……キャサリンの母親。
マシュー・デイン・キンケイド……大牧場主。愛称マット。
ジェリー……マットの弟。
バリー……ジェリーの妻。
ハルバート……マットの弟。愛称ハル。
ヘンリー……マットの義理の父親。
エブリン……マットの母親。
エンジェル……マットの秘書。
レイン……マットの恋人と噂される女性。
アニー……コマンチ・フラッツの家政婦。

1

コマンチ・フラッツは、この一帯でいちばん大きな牧場だった。牧場の近くにある町にいると、キャサリン・ブレイクはいつも小さな町の気安さを感じた。この気安さが、彼女をほっとさせてくれる。

マットはあまり安らぎを与えてくれなかったが、母や、彼以外の義理のいとこたちといるのは楽しかった。

キャサリンはにっこり笑うと、ハンドルを切った。小さな白い中古のフォルクスワーゲン・コンバーチブルは、手入れの行き届いた白い柵《さく》のあいだを進み、その先にある化粧しっくい塗りのスペイン風の屋敷を目指す。淡い緑色の瞳は、広い草原を横切ってはるか向こうに見える樫《かし》の樹林帯に向けられていた。テキサス州フォートワースから一時間ほど離れた、三十五平方キロメートルはあるこの牧場は、大おじが築いたものだった。南北に走る樫の樹林帯は、何日も要する牛の移動の際には、カウボーイたちの目印になった。

細い指が顔にかかった濃い栗《くり》色の髪をかきあげた。キャサリンは、ジャーナリズムの学位をとって大学を卒業したことに、あらためて興奮した。フォートワースの大学にいるあいだ、平日は寮に住み、週末はここに帰っていた。マットはしょっちゅう彼女を迎えに来たが、ダラス・フォートワース空港から牧場までは遠かったので、自家用飛行機を利用した。

キャサリンはほほえんだ。大学を卒業したことも、ニューヨークで就くはずの仕事も誇らしかった。マット――マシュー・デイン・キンケイドは、ほかの人間は自由に操れるかもしれないが、わたしは別だ。わたしを操る糸は切れたのだから。もうすぐ二十二歳になるキャサリンは、自立できることに興奮していた。

彼女は小さな広告代理店での職をえようと、サンアントニオに出かけて帰ってきたところだ。結局、その仕事はえられなかったが、運よく、ニューヨークの大きな広告代理店で働けることになった。彼女のオフィスを用意するのに数週間はかかるらしいので、いますぐニューヨークへ行く必要はない。ともかく、副社長がわざわざサンアントニオまでやってきて、成績証明書を確認し、その場で雇ってくれたくらいだから、とても気に入ってくれたのだろう。

キャサリンは胸を高鳴らせた。家族から逃れるチャンスを手に入れたのだ。そしてマットから逃れるチャンスを。

大学を卒業してからというもの、マットが自分を独占したがるようになり、キャサリンはそれを不思議に思っていた。彼は、キャサリンと彼女の母親が住んでいるコマンチ・フラッツの牧場主で、家畜の飼育場を持ち、いくつもの不動産会社の経営にも携わっていた。だが、彼は義理のいとこにすぎない。彼の独占欲に、キャサリンはいやけが差していた。

赤ん坊のころにベトナム戦争で父親が戦死したせいで、幼いころからキャサリンは独立心旺盛《おうせい》な子供だった。支配したがるマットと長年にわたって闘い、ひとつひとつ自由を手に入れてきた。そんな彼を愛してしまったことを、キャサリンは苦々しく思っていた。マットの弟のハルとジェリーには、それほど威圧的なところはなかった。ふたりには、マットの火のような激しさも、鋭いビジネスセンスも欠けていたが、生まれついての傲慢《ごうまん》さもなかった。

白髪まじりの髪のベティ・ブレイクは、輝く瞳に笑みをたたえ、娘を迎えるためにポーチの階段を駆けおりてきた。

「ダーリン、おかえり！」ベティは心からうれしそうに言った。「やっと帰ってきたのね！」

「たった四日じゃない」キャサリンは母親の抱擁に身をまかせた。「マットはなにか言っていた？」

「ほとんど口をきいてくれないのよ」ベティは打ち明けた。「あなたときたら、まったく困ったことをしてくれるんだから！」

「わたしは自立しなければならないの」キャサリンは訴えた。「マットは、いつもみたいに思いどおりにしたいだけよ。でも、今度ばかりは彼に勝ち目はないわ。必要なら、ウエイトレスだってなんだってするつもりよ。でも、そんな必要はないわね」彼女は強情に言い張った。「わたしには株の配当金があるもの。それで生活していけるわ！」

ベティはなにか言いかけたが、思いとどまった。「なかに入って荷物を置きなさい。仕事は見つかったの？」

「サンアントニオの仕事はだめだったわ」キャサリンはため息をついて顔をしかめた。「職探しに行くだけなのに、いもしない女友達との旅行をでっちあげて、こっそり抜けだす身にもなって！　マットときたら、暴君もいいところよ……」不安げな母親の顔を見てにっこりする。「蒸し返す気はないの。約束します。仕事のことだけれど、見つかったわ。でも、ニューヨークなの」

「ニューヨークですって！」ベティはショックをあらわにした。

「お給料もいいのよ。まだ一カ月も先の話だから、準備する時間はたっぷりあるわ」

「マットがいやがるでしょうね」ベティが突き放すように言った。

「マットは関係ないわ！」

「立場をわきまえなさい」ベティは娘をたしなめた。「マットがいなければ、わたしたちはいまごろ、どんなに貧しい生活をしていたかわからないのよ。ベトナムで殺されたとき、パパが残したものは借金だけだったわ。何度もそう話したでしょう」

「それで、ヘンリーおじさまが、わたしたちを助けるために、一緒に住まわせてくれたんでしょう。わかっているわ」キャサリンは憂鬱《ゆううつ》そうに言った。

母親のあとから、キャサリンは大きな屋敷のなかへと足を踏み入れた。スペイン風の玄関ホールと二階へと続く階段は、彼女が子供のころと同じように、いまでも美しかった。母もまた、この家で大おじに育てられたのだ。

「あなたの大おじさまは、たいした人だったわ」ベティは笑いながら言った。「ちゃんとした好みとスタイルを持っていたもの」

「妻をのぞけばね」キャサリンがぽつりと言った。

「マットたちのお母さんが、大おじさまよりずいぶん若かったというだけで、そんなことを言うものじゃないわ。彼女はヘンリーおじさまが大好きだったのよ。それに、立派な息子を三人も授けてくれたわ」

キャサリンは答えなかった。ふたりはキャサリンのベッドルームへ続く流れるような曲線の階段をのぼっていった。独身のマットとハルは、キャサリンたちの部屋があるほうとは反対側に部屋を持っていた。ジェリーは妻のバリーとともに、牧場のなかに家を持っている。

「明日の夕食には、家族全員が顔を合わせることになるわ」ベティが言った。「マットは自家用飛行機でヒューストンへ行ったけれど、今晩遅く戻ってくるはずよ」

玄関ホールへ戻る途中で、キャサリンは立ち止まり、壁にかかったヘンリー大おじの大きな肖像画を見つめた。「大おじさまがここにいるのは、好きになれないわ」亡くなった祖父と瓜《うり》ふたつの顔を見つめて、彼女は言った。

「暗いなかで玄関ホールへ下りていっても、おじさまがここにいてくれると思うと安心なのよ」

キャサリンはくすりと笑った。「ママったら」

「子供のころは、わたしのヒーローだったのよ」母親は肖像画を見つめてほほえんだ。「大好きだった。いまでもそうよ」

「ママより若い〝おばさま〟を連れてくることになったあとも？」

「エブリンは本当にいい人だったわ」ベティは穏やかに答えた。「いやな顔ひとつせずに、わたしたちの面倒を見てくれた。両親はわたしがまだ幼いときに亡くなったから、ふたりのことはほとんど覚えていないのよ」母はため息をついた。「ときどき、あなたのパパがとても恋しくなるわ……」

「わたしもよ、ママ」キャサリンは母親を優しく抱きしめ、頰にキスした。

「あなたを産んでよかった」ベティは愛情をこめて言い、すぐに話題をかえた。「さあ、いらっしゃい。全部、聞かせてもらうわよ！」

ベティとキャサリンはふたりだけで夕食の席につき、おぼつかない足どりでテーブルを回って料理を並べるアニーの愚痴を聞かされていた。

「家族が一緒に食事をとったためしがないんですからね」皿をにらみながらアニーがぶつぶつ言った。「ハルさまは、マットさまが大声でお呼びにならなければ姿をお見せにならない。ジェリーさまとバリーさまはいらっしゃらないし、それに……」

「さてと、ふたり分食べさせていただくわ」キャサリンは、マットの母親と一緒にこの屋敷に来た、ぽっちゃりした白髪の女性に言った。

アニーは少し機嫌を直した。「なにせ、たっぷりつくりましたからね。冷凍しなければならないでしょうね」

アニーがキッチンへ戻ると、キャサリンとベティは視線を交わした。

「ところで、ハルは?」キャサリンが尋ねた。

「さあ。出かける前に、牛を平地から追う手伝いをしておくようにとマットに言われて、雨のなかをぶつぶつ言いながら出ていったわ。あの子は濡《ぬ》れるのが大嫌いだから」

「命令されるのは、もっと嫌いなのよ」キャサリンは答えた。

「あなたとそっくり」ベティはフォークをとりながらため息をついた。「すぐにマットに話すようなまねはしないでちょうだい。あなたが出かけてから、とても機嫌が悪かったたんだから」

「一日か二日は様子を見るわ。それでいい？」

ベティは少し考えるような表情を浮かべた。「いいわ」

ハルが帰ってきたとき、キャサリンはすでにベッドに入っていた。ベティの部屋を通りかかったハルが、母親と話す声が聞こえた。キャサリンは顔をほころばせた。マットの家族のなかで、ハルだけが彼女の味方だった。似たもの同士のキャサリンとハルは、いつもマットになにかしら反抗していた。

自分のベッドの心地よさと安らぎに包まれて、キャサリンは目を閉じて眠りに落ちていった。

二、三時間後、キャサリンは車のエンジンの音に起こされ、ベッドサイドのカーテンを開けた。外灯の明かりのなかで、特徴のある褐色のトレンチコートと銀色に光るカウボーイハット姿の背の高い男性が、車から降りたった。アタッシェケースをとりだし、彼は土砂降りのなかを屋敷へと向かってくる。

マットだ。

かすかな不安を感じながら、キャサリンは険しい彼の顔を見おろした。そんな表情の彼を見るのは、ショックだった。彼女が見るマットはいつも、機嫌がよかったからだ。いまの彼は、まるで別人だった。マットは誰に対しても公平だったし、過度な要求もしたことはないが、部下からは恐れられていた。それは幼いときから厳しくしつけられたせいで身についた、支配者としての雰囲気のせいだった。

マットはエブリンが最初の結婚でもうけた長男で、彼の子供時代は気楽なものではなかった。マットの実の父親は軍人で、彼は軍隊式の私立高校に入学した。父親が亡くなって、エブリンがヘンリー大おじと再婚したとき、マットは高校二年生だった。それから寮に入って高校を卒業し、大学へと進学して、海兵隊に入隊した。そのため、母親と新しい父親から親らしい愛情を受ける機会がなかった。ヘンリー自身も厳格な人物だったし、エブリンは母親業よりも仕事に熱心な女性だった。

それでも、マットはほかから充分に愛情を受けていたわ。キャサリンがそう意地悪く考えたのは、彼がさまざまな女性たちとつきあっていたことを思いだしたからだ。

玄関ポーチに向かってくる背の高いマットを、彼女は唇をすぼめて見つめた。スペイン人のような黒い瞳に、浅黒く端整で貴族的な顔だち。本当に彼はすてきだ。誇らしさで胸がうずく。しかし、彼の支配から逃れるために闘うのをやめるつもりはない。

マットに対する激しいこの思いに、彼が応じるはずがないことは、キャサリンも心のどこかでわかっていた。だからこそ、ここから逃げださなければならなかった。そばにいながら、彼が別の女性と出かけていくのを見ているのはつらすぎる。マットはひと月ごとにつきあう女性をかえているようだった。しかも、みんな大人びたすてきな女性ばかりだ。彼に本当の気持を知られたりしたら、とても生きてはいられない。マットに反抗してばかりいるのも、身を守る手段にすぎなかった。

「明日」キャサリンはほほえんでささやいた。「明日になったら決着をつけましょう、いとこさん」

彼女はベッドに戻り、目を閉じた。

翌朝、キャサリンが朝食をとりに階下へ行くと、ベティとハルが朝食のテーブルについていたが、マットはすでに出かけていていなかった。ハルはちゃめっけのある顔を上げて、茶色い瞳を輝かせた。二十三歳の彼は、三人兄弟の末っ子だった。マットより背は低く、たくましくもなかった。頭は悪くないし、機械に関しては強いのだが、牧場の仕事を嫌って夜遊びばかりしているので、財産を与えないぞとマットに脅かされていた。しかし、なにをしても憎めない性格で、キャサリンにとっては幼いころからマットに対抗する〝同志〟だった。

「よっ、いとこどの！」ハルはにやりとした。「大都会はいかがでした？」

「すばらしかったわ！」キャサリンは座って自分の皿に料理をとった。「仕事に就けそうなの！」

「マットに話したかい?」しばらくしてから、怪訝《けげん》そうにハルが言った。

「まだ会ってもいないわ」

ハルは唇をすぼめた。「彼女は知らないの?」ベティにきく。

キャサリンは彼に顔を向けた。「なんのこと?」ためらいがちに尋ねる。

「マットは、きみが本当はなにをしに出かけたのか気づいたんだ。それで、きみへの配当金の支払いを止めた」

「ハル、どうしてそんなことを言うの」ベティがうめいた。

ナプキンをほうり投げたキャサリンは、その瞳に怒りをたぎらせた。「配当金の支払いを止めたですって? そんなこと! あれはわたしの株よ!」

「きみが二十五歳になるまでは、彼にはそうすることができるんだよ」ハルが言った。

「マットはどこなの?」キャサリンは詰問した。

「平地へ行ったわ。雨が降る前に、牛がすべて移動していたかどうかを確認するためにね」ベティが仕方なく答える。「本当は、ヒューストンへ発《た》つ前に、ハルにその仕事を頼んでいったのよ」

ハルは黙ってコーヒーカップに手を伸ばした。

キャサリンはいきりたっていた。ニューヨークで暮らすためには、どうしても配当金が必要だった。マットだってそれを知っているはずだ!

「許さない……」キャサリンはつぶやいた。

「ねえ、軽率なことはしないでね」なだめるように、ベティが言った。

しかし、キャサリンはすでに席を立っていた。

2

昨晩の雷雨が嘘《うそ》のように日差しはすばらしかったが、広大な土地と草をはむ牛たちも、遠くに見える巨大な飼育場の美しさも、キャサリンの目には入らなかった。彼女は目に怒りをたぎらせ、鞍《くら》の上のほっそりした体も、唇と同様ひどくこわばっている。

キャサリンは朝の冷気に体を震わせた。もうすぐ秋だ。マットを求めて地平線を眺めても、どこにも姿が見えなかった。ニューヨークでは、すばらしい未来が待っている。マットは、どうしてそれを邪魔するのだろう？　もちろん、ニューヨークでの職について、マットは知らない。だが、株の配当金の支払いを止められたら……彼の許可がなければ、どこへも行けなくなってしまう。いつもそうだった。計画をたてるたびに、マットがそれを台なしにするのだ。誰も、彼に立ち向かおうとする者はいなかった。もちろん、キャサリンだけは例外だ。

今度こそ、彼の思いどおりにはさせない。わたしの生き方に、もう口だしはさせないわ。

胴が赤っぽくて白い顔のヘレフォード種の牛が何頭か、水びたしの平地に泥まみれになって転がっていた。そのなかで人が動くのが見えたので、キャサリンは冷ややかにほほえんだ。

小さな雌馬をなだめてゆっくり走らせ、豊かなストレートヘアを風になびかせながら、キャサリンは鼓動が速くなるのを感じた。乗馬ズボンをはいて、ピンストライプの青いシャツの袖《そで》をまくりあげた彼女は美しかった。しかし、彼女がそういう格好でやってきたのは、マットのためではなかった。

キャサリンは、マットと愛を交わし、彼の唇が自分の唇に触れる感触を想像した。彼と結婚してコマンチ・フラッツで生きることを、ずっと夢見ていた。しかし、そんな思いは胸の奥深くにしまっていた。たまにマットをじっと見つめたり、彼がそばに来たせいで呼吸が速くなってしまうことがあった。そんなときもマットはそ知らぬふりをしているので、キャサリンはますます自分の思いを隠すようになった。

大学生になるとボーイフレンドもできて、デートもしたし、うちに連れてきたりもした。ところが、そのたびにマットは彼らに難癖をつけ、デートをするときのルールを勝手に決めてしまった。いままでそんなマットの傲慢《ごうまん》さを受け入れてきたが、もう我慢の限界だった。

とうとう、キャサリンはマットを見つけた。ひざまずいて牛の蹄《ひづめ》を調べている。つばの広いカウボーイハットをかぶり、色あせたジーンズとシャンブレー織りのシャツに履き古したブーツ姿の彼は、ふつうのカウボーイに見えた。ところが立ちあがって動きだした途端、どんな比較も意味がなくなった。その堂々とした動きは、女性の視線を集めずにはおかないだろう。長身で日に焼けた肌に黒い瞳、一度か二度、骨が折れたような鼻。そして、思わずひるんでしまいそうな、あざけるようにゆがんだ口もと。祖先であるネイティブ・アメリカン、コマンチ族から受け継いだ頬骨は高く、顎は髭《ひげ》が濃いせいで剃《そ》り痕《あと》が黒く見える。彼はカウボーイにしてはきれい好きで、爪はいつもきちんと切りそろえられていた。

かつて、テキサス州のこのあたりは、キンケイド一族が力をふるっていた。マットの母親のエブリンから、最初の夫であるジャクソン・キンケイドの話を聞き、キャサリンは初めてそれを知った。エブリンは、マットの血筋を誇らしく思っていた。最盛期のころとは比較にならないキンケイド社を、マットは受け継いだ。エブリンは自分の持ち株をヘンリーに与えることで両家の利益を結びつけたが、キンケイド社の実力者がマットであることは、はっきりしていた。

馬の蹄の音を聞きつけて、マットが優雅に振り向いた。いかめしい顔と黒い瞳が、彼女の顔を見て輝く。カウボーイハットを押しあげ、彼は片足を背後の樫《かし》の根っこに置いて寄りかかった。その顔には、腹だたしいほどの余裕がうかがえる。

「やっと見つけたわ」キャサリンは無器用に鞍から下りながらつぶやいた。

「ハニー、ぼくの教えに耳を貸すんだ。さもなければ、上達するものも上達しないよ。そんなふうに馬から下りてはだめだ」マットは愛想よく言った。

「ハニーなんて呼ばないで」キャサリンは言った。マットから目を離さず、敵意をむきだしにして、彼のほうへ歩み寄る。「あなたのしたことをハルから聞いたわ。いいこと、マシュー・キンケイド。わたしはもう大人よ。いつまでも思いどおりになるなんて思わないで。十八歳になったとき、あなたが配当金をくれることに決めたんじゃない。それをとりあげるなんてひどいわ」

マットは眉をつりあげた。「ぼくが？」悪気のない様子で尋ねる。キャサリンを見つめながら、彼はポケットからたばこをとりだして火をつけた。「とりあげたわけじゃない。きみが受けとっていた分を再投資に回しただけさ」彼の顔に笑みが広がった。「契約条項を調べてごらん、キット。きみへの株の譲渡にサインしたとき、配当金を再投資する権利は保持しておいたんだ」

キャサリンの視線が彼を射抜いた。「ニューヨークでの部屋代はどうしたらいいの？」

「ニューヨークとは、初耳だね」マットが応じた。

キャサリンは彼の笑顔が気に入らなかった。過去の経験から、それがなにを意味するか充分すぎるほどわかっている。マットは自分の意志を曲げるつもりはないのだ。

「ニューヨークでも有数の広告代理店に就職できるのよ」キャサリンは説明した。「大学の友人のお父さまがそこで働いているの。そのおかげで、なんとか考えてもらえたわ。すばらしい仕事よ、マット。お給料は……」

「きみはまだ二十一歳だ」マットは言った。「それにニューヨークは、田舎の小娘にとって無法地帯だよ」

「もう小娘じゃないわ！」

わざとらしく彼女の小さな胸を見つめて、マットはにやりとした。「本当かい？」

キャサリンは叫び声をあげて、かたいブーツの先で彼のむこうずねを蹴《け》ろうとした。マットが優雅な身のこなしで軽くよけたので、キャサリンは勢いあまって湿った草と泥の上に背中から倒れこんだ。

マットは彼女の顔に浮かんだ驚きの表情ににやりとしてから、馬に乗ったまま奇妙な顔でこちらを見ているふたりのカウボーイにちらりと目をやった。

「早く起きたほうがいい、ハニー。さもないと、きみがぼくを誘っているんじゃないかと、あそこにいる連中が誤解してしまうよ」意地悪くマットが言った。

「マシュー……デイン……キンケイド……。あなたなんて大嫌い！」立ちあがろうとしながら、キャサリンは叫んだ。

マットは笑うのをやめようとはしなかった。口もとから白い歯がこぼれている。彼は手を伸ばしてキャサリンの手首をつかみ、軽々と彼女を立ちあがらせた。キャサリンはマットの力強さが少し怖かった。にらみつけるように、マットの顔をじっと見つめる。そこには彼女をばかにしたような表情が浮かんでいた。彼女のなかに新たな怒りがつのった。勢いをつけて彼に打ちかかったが、ふたたびむなしく空を切った。

「そこまでにしておけよ、ハニー」含み笑いをしながらマットが言った。「少しぐらいなら汚れていても大目に見るが、そこまで汚れていては、さわられるのはごめんだ。やめないようなら、お仕置きするぞ」

「ママに言いつけるから！」キャサリンはいきりたった。

「ベティだったら、ぼくのためにきみを押さえつけてくれるさ」

ようやく彼が手首を放した。キャサリンは痛みの残る手首をさすった。

長めのシャツの裾《すそ》を乗馬ズボンから引きだし、キャサリンは手の泥をぬぐった。マットは両手を引きしまったヒップにあてた。

キャサリンはため息をついた。「わかっているでしょうけれど、あなたなんて大嫌い」

「いや、きみはぼくを嫌ってなんかいないよ、キット」マットはにやりと笑った。「きみはただ自分の思いどおりにしたいだけだ。しかし、今度はそうはさせない。フォートワースの大学を出たばかりのきみを、大都会にほうりだすようなまねをしたら、ぼくは決して自分を許せない」

「また、そんなことを言うのね」キャサリンは冷ややかに言い返した。「大学のときだってそうだった。わたしは週末のたびに、家に帰らなければならなかったわ！　あなたったら、道を渡るときにわたしの手を引かないのが不思議なぐらい！」

「それも考えたよ」そっけなくマットは応じた。

「わたしはもう大人よ！」

「まだだ」マットは断言した。視線がキャサリンの胸へと下り、薄いシャツを押しあげている先端で止まる。彼はほほえんだ。「まあ、大人になりかけてはいるようだが」

マットの態度に驚き、キャサリンはまばたきするのも忘れて彼を見つめた。水着や襟ぐりの開いたブラウスを着ていて、男性の視線を感じたことはあっても、マットの視線を感じたことはなかった。きっと、ただのいやがらせなのだ。キャサリンは頬を真っ赤に染めて、胸の前で腕を組んで視線をそらした。

「キット」マットが穏やかに声をかけた。

「なに？」

「ぼくを見るんだ」

キャサリンはとまどいながらも視線を戻した。彼にからかっている様子はない。それどころか、マットにしては優しげな表情だ。

「宣伝の仕事をしたいなら、きみにそうさせてやろう」マットは言った。「ぼくの財団が再来月行う牛の競売の販促活動をすればいい」

「マット、それは仕事とは言えないわ！」

「仕事さ」彼はきっぱりと答えた。「一年に一度の競売を行うには、たくさんの作業が必要になるし、その成功によって多くのことが左右される。例年なら外部の業者を頼むが、今回はきみに頼もう。パンフレットのデザインをまかせてもいい」マットはキャサリンの瞳をのぞきこんだ。「これは挑戦状だよ、ハニー。きみの能力を見せてもらおう。その結果しだいでは、ニューヨークのコンドミニアムをプレゼントするし、いい仕事も世話するよ。ぼくなりのコネもあるからね」

キャサリンの心は揺れた。悪くない話だ。マットが自分の思いどおりにさせようとしているのでなければ、受け入れてしまいそうだった。キャサリンには、彼が考えていることが手にとるようにわかった。たとえその仕事を成功させても、マットはおそらくここにとどまらせるほかの口実を見つけるはずだ。

そう、競売を宣伝したいのね。キャサリンはかすかにほほえんだ。いいわ、やってあげる。マットが、わたしを手放したくなるようなやり方でね。

「いいわ」しばらくして、キャサリンは緑色の瞳をきらめかせて答えた。「その挑戦、受けましょう」

「明日の朝から始めてもらうよ。八時半きっかりに事務所に来るんだ」マットは言った。「じゃあ家へ帰って、もう少しおとなしい服に着替えるんだ」

キャサリンは彼をにらみつけた。「そうやって、わたしを自分の思いどおりに動かそうとするのね。わたしをこの土地に縛りつけて、窒息させたいんだわ！　ボーイフレンドにはひどい態度をとるし、ニューヨークに行こうとするのも邪魔する。マット、わたしはもう大人なのよ」諭すように彼女は言った。「そして、あなたはいい年をした独身……」

マットはもう一本たばこに火をつけると、眉をつりあげた。「ハニー、ぼくはまだ三十一歳だよ」

「いつの間にか五十一歳になって、それでも独身だったらどうするの？」キャサリンはぶっきらぼうに尋ねた。

ゆっくりとマットは笑みを浮かべた。「きみの年くらいの女の子をくどき始めるんじゃないかな」

キャサリンは口を開きかけて、すぐに閉じた。

「おやおや、今日は餌《えさ》に魚が食いつかない」打ちとけた様子でマットは言った。彼の視線が、キャサリンのほっそりした体を上から下へ値踏みするように動いたあと、彼女の瞳をとらえる。

キャサリンにはマットの顔しか見えなくなった。牛が鳴き、カウボーイたちが牛に合わせて動きながら、口笛を吹いたり声をあげたりしていたが、彼女の耳には入らなかった。彼をじっと見つめるうちに、激しいうずきが体の奥から突きあげてくる。こんな思いで、マットを見つめたのは初めてだった。

彼がふたりのあいだの沈黙を破った。「言い返さないのかい、キット?」

キャサリンはため息をついた。「あなたとは喧嘩《けんか》にならないわ」つぶやくように言う。

「わたしをからかってばかりいるんだもの」

「ぼくがしたいことをするよりは、そのほうがずっと安全だからね」マットは黒い瞳をきらめかせた。

「わたしをうつぶせにして膝にのせ、お尻をたたいてみたら、ミスター・カウボーイ。あなたがつくらせたがっているパンフレットで、そんなあなたを紹介してあげるわ」キャサリンは脅した。

「きみは、そんなことはしないさ」マットはたばこを足もとに落とし、ブーツの底で火を消した。「ぼくたちは友達だ。そうだろう?」

「以前はね。最近のあなたは、ますます意地悪になったから」キャサリンは言って、乗馬ズボンの泥を払った。「ママには、わたしの見たままを話しておくわ」そうつけ加えると、いたずらっぽく彼を見る。

「ベティには、きみがぼくを誘惑しようとしたと話せばいい」マットは意地悪くにやりとした。

「いやよ」馬のほうに向き直ったキャサリンは、暗い声で言った。

「誘惑なんかできるはずがない、という意味？」マットがからかった。

変なことを言われておかしな気分になりながら、馬にまたがってキャサリンは彼を見おろした。「だって……誘惑の仕方なんかわからないもの」

「経験がないから？」ちゃかすように言いながらも、マットの物憂げな声はどこか真剣だった。

「あなたのために経験しなかったのよ。気づかなかった？」

マットは穏やかに笑った。「そうなのかい？」

あからさまに彼とじゃれあって、いつになくのぼせあがっていた。いままでキャサリンは、決してそんなまねはしなかった。彼女は手綱を片手に軽く巻き、神経質で小柄な雌馬に静かな声で話しかけ、首を軽くたたいてなだめた。おもしろがるような彼女の瞳が、マットの瞳にぶつかった。「夜は部屋に鍵《かぎ》をかけておいたほうがいいわよ」

マットの黒い瞳が、さらに輝きを増した。「そうするよ。高校を卒業してからずっと、きみが怖かったからね」

「本当に？」キャサリンはにっこりした。「わたしから身を守るために、あなたが取り巻きの女性たちを集めていたのは知っていたわ」

マットは考えこむような表情を見せた。「ここ数カ月、きみの取り巻き連中には、さっぱりお目にかからないな」

キャサリンは肩をすくめた。「ジャックは夏の早いうちに、わたしのことをあきらめたわ」彼女は言った。「わたしになにかしようとしたら、あなたに殺されそうで怖かったのよ。そう言っていたわ」

柵《さく》のなかに牛を追いたて始めたカウボーイたちに、マットは視線を向けた。「仕事が待っているんだ、ハニー」

「じゃあ、話はこれまでね」キャサリンはため息をついた。「あなたは、きちんとわたしと話してくれたことがないわね」

マットは顔を上げた。黒い瞳のなかのなにかがキャサリンを不安にする。「話すことになるさ。きみが思っているより早くね、キット」

彼の視線がキャサリンの瞳を探った。

「きみは自由をえたいともがいている。気をつけていないと、飛んでいってしまうからね」

「わたしは鳥じゃないわ。知っているでしょう」キャサリンはおかしそうに言った。

「おたまじゃくしに近いな」マットはつぶやいた。

「ひどいわ、また蛙《かえる》だなんて言って。ハルとジェリーに言いつけるから」キャサリンは脅した。

「おたまじゃくしだよ、蛙じゃない。まあ、言いつけたらいいさ」マットはほほえんで挑発した。「よろしく言ってくれ、キット。どうせぼくは厄介者だからね」

「厄介者にもいろいろあるのね。あなたは頭もいいし忍耐力もあるし」それは疑いようのないことだ。キャサリンは穏やかに彼を見おろした。潔く責任をとるのは、いつもマットだった。ハルは好き勝手にふるまったし、ジェリーはできることはしたが、マットほどビジネスセンスはなく、本人もそれを認めている。

「ぼくへの信任投票を頼んだかい？」マットはおどけて驚いたふりをした。

「あなたはそんなことを頼んだりしないわ。でも、わたしの一票はあなたにあげる」キャサリンは穏やかにほほえんで言った。

マットは体をこわばらせた。「危ないな、キット。そんな目でぼくを見るなんて」かすかにほほえんで言う。「いまここで、きみにいかれてしまうかもしれないよ」

「あなたが女性にいかれるっていうの？」キャサリンは笑った。「まさか。それにしたって、もっと大人のあか抜けた女性が相手でしょう。わたしなんて、本当の厄介者よ」

「きみは充分きれいだよ、キャサリン」

マットの答えは、本気でそう思っているように聞こえた。彼の称賛のまなざしを感じて、キャサリンはかすかに頬を染めた。

「どこから見ても、一流だ」

「あなただって悪くないわ、カウボーイさん」キャサリンはとりすましてつぶやいた。

「帰って着替えなくちゃ。あとで映画に行こうと思っているの」

「映画？　どんな映画だい？」

「ドライブインシアターで、大人向けの映画をやっているのよ」キャサリンは打ち明けた。「ハルを連れていって、教育しようと思って」

たちまちマットの表情が険しくなった。それを見て、キャサリンは驚いた。

「だめだ」マットは静かに言った。「ハルとは行くな。ドライブインに行くなら、ぼくが連れていく。ただし、今夜はだめだ。先約がある。金曜日にしよう」

キャサリンにとって、その誘いはコンセントに指を突っこんだような衝撃だった。じっと彼を見つめる。「なんですって？」

「金曜日に、ぼくが映画に連れていくと言ったんだよ、キット」マットはそう答えてにやりとした。「ハルを堕落させるわけにはいかないからね。それに、あいつはきみの保護者としては子供すぎるよ」

キャサリンは声をたてて笑った。なるほど、マットはずっと、わたしをからかっていたんだわ。

「彼はそうかもしれないわね」キャサリンは認めざるをえなかった。「あなたならどうかしら？」

マットは口もとをゆがめた。「きみはどう思う、ハニー？」まるでビロードのようななめらかな声で尋ねる。いままで一度も、彼女に向けて発したことのない声だ。

怪訝《けげん》な顔で、キャサリンは彼を見おろした。「あなたはもう、ドライブインに行くような年じゃないでしょう?」

マットは首を振った。「ピックアップトラックできみを連れていって、ピザを買ってあげるよ。ぼくも若返れるというものだ」

「ドライブインにいるあなたの姿が、なんとか想像できたわ」キャサリンはつぶやいた。緑色の瞳が彼の黒い瞳をとらえる。「いいわ。でもビールを飲んだりしたら、キスしてあげないわよ」

マットは眉をつりあげ、瞳をきらめかせた。穏やかな声で笑って言う。「わかったよ」

キャサリンは自分の言葉に驚くとともに、とまどいを感じていた。まるで、マットはわたしとキスしたがっているみたいだったわ! しかし、好奇心に駆られて、彼女はマットの唇をじっと見つめていた。そして、視線を上げて彼の瞳を見たとき、キャサリンはそこに興奮の色を見てとった。ふたりのあいだに電気が流れるような感覚が走った。キャサリンは、彼の腕に身をゆだね、セクシーな唇にキスしたくてたまらなかった。だが、そんなことを考えた自分が恥ずかしくなり、目をそらす。

「さっき言った話……競売の宣伝でいい仕事をしたら、ニューヨークに行かせてくれるというのは、本気よね?」キャサリンは熱心な口調できいた。

マットはカウボーイたちのほうを振り返った。「本気だ」

「マット……」

「おい、チャーリー、あいつのためにトラックを持ってきてくれ！」マットは年かさのカウボーイに呼びかけると、道のずっと先に倒れている牛を身ぶりで示した。

キャサリンはいらだってため息をついた。まただ。話題をかえたくなると、マットは必ずこういう反応を見せる。そして、さっさと立ち去ってしまうのだ。かなり長いあいだ彼の背中を見つめたあとで、キャサリンは屋敷へ帰るために馬の向きをかえた。

ともかく、これで逃げだすチャンスは手に入れたわ。ふと、ドライブインの件で自分の言った台詞《せりふ》を思いだし、顔がほてる。冗談でも、キスのことなんか持ちださなければよかった。さぞかし彼も驚いたことだろう。

マットとドライブインへ行くことを考えながら、キャサリンは鞍の上で体を動かした。それを考えると、うれしさのあまりわくわくした。いままでなら、ふたりきりで出かけようとはしなかった。きっと今度も、そうするつもりはないのだろう。おそらく、家族の誰かが一緒なのだ。けれど、なぜピックアップトラックを使うのだろう？

マットはいつも彼女をいらいらさせた。そして、悩ませた。彼はふざけてばかりいる人間だった。ただし、ミスター・キンケイドとしてふるまっているときは別だ。のんきに見えるからといって、マットをいいようにあしらえると思ったら大間違いだ。彼のおどけた性格の奥には、激しい気性と鉄のようにかたい意志がひそんでいた。

心配しても、どうにもならないわ。キャサリンは自分にそう言い聞かせた。牛の競売がどうすれば成功するかを考えるのだ。それこそが、この土地から逃げだすことのできる唯一のチャンスだった。そう、マットから逃げだすチャンスだ。

彼を思いながら一生を過ごすわけにはいかない。マットのそばにいて、彼がほかの女性と結婚するのを見るのは耐えられない。いつかは、きっとそういう日がくるのだ。会社には跡取りが必要だ。そして、会社のトップは彼だった。彼の相手となるのは、きっと自分の財産を持っている洗練された社交界の淑女だろう。それは、結婚というより合併と呼ぶのがふさわしい結びつきかもしれない。

馬小屋へ向かいながら、キャサリンは小さな雌馬のたてがみのほうに体を倒し、頭を預けた。

3

その日の夕食には、ジェリーとバリーがやってきた。ハルやマットと同じように、ジェリーも瞳が黒かったが、髪は薄茶色で生え際が後退していた。身長はハルよりも高いが、マットほどではない。妻のバリーは赤毛に青い瞳の小柄な女性で、ちゃめっけがあった。キャサリンは、バリーが大好きだった。

アニーがサラダを持って入ってきたとき、ハルが思わしげに自分を見ているのにキャサリンは気づいた。マットがまだ姿を現していなかったので、彼女はつい戸口を見つめてしまった。マットは出かけるのだから、夕食を一緒にとらないことはわかっていたが、その姿を捜さずにはいられなかった。

キャサリンは自分の青いシャツドレスを見おろした。フェルトペンで〝マットが好き〟と書かれているところを想像して、おかしくて笑ってしまった。

「少しましになった」ハルがつぶやいた。「なんだか深刻な顔をしていたね」

「わたしが?」キャサリンはぽかんと口を開けた。「深刻な顔なんてしていないわ」

「そう」ハルは応じた。

「ベティから聞いたんだけれど、ニューヨークで仕事をするつもりなんだって？」彼女をちらりと見て、ジェリーが言った。「うまくいかないと思うな」

「どうして？」

「兄貴のことをわかっているからさ。マットはきみを手放したりしない。そうだろう？」

キャサリンは彼を見つめ返した。「おあいにくさま。わたしは、自分のやりたいようにやらせてもらうわ」キャサリンは強気で言った。「マットが仕事をくれたの。競売の宣伝をすることになったのよ」

「まあ、すてきじゃない！」バリーが声をあげた。「すごい仕事をするのね」

「きみと、きみの牛たちほどじゃないと思うな」ジェリーは妻にぶつぶつ言った。「受賞牛をまわりにしたがえたきみが、赤ん坊を抱いている姿が目に浮かぶよ。まあ、きみが子供を産む気になったらの話だけれど」

「ばかなことを言わないで」バリーは夫を肘でこづいた。「わたしだけのせいじゃないでしょう。あなただって、家にいないんだから。子供ができるわけがないわ」意地悪くほほえみ、彼女はつけ加えた。

ジェリーは咳《せき》払いをして、ベティにロールパンを渡した。

キャサリンとハルが愉快そうに視線を交わしたところへ、マットが入ってきた。これからデートに出かけるためだろう。黒いディナージャケットに赤いネクタイという姿だ。そんな魅力的な彼を見ていられず、キャサリンはうつむいた。

「ハル、ちょっと話がある」開口いちばん、マットは言った。

ハルは不愉快そうに顔をしかめたが、席を立って兄と一緒に玄関ホールへ出ていった。ドアが閉められ、みんなが不安げに見つめあう。

「ハルったら、マットの言いつけどおりに牛を動かしておかなかったからよ」バリーがしかめっ面で説明した。「少なくとも四頭がおぼれ死んだわ」

さっき平地でマットがしていたのは、その仕事だったのだとキャサリンは気づいた。泥まみれの牛と、ハルの反抗的な態度とを結びつけて考えなかった。かわいそうなハル。きっとひどくしかられるわ。

キャサリンがあわててハルを助けに行こうとしたとき、玄関ホールから大声が聞こえてきて、なにかがぶつかる音がそれに続いた。キャサリンが椅子から飛びあがってドアを開けたとき、ちょうどハルが床から立ちあがろうとしていた。マットは動じる様子もなく、弟の前に立ちはだかっている。マットは険しい顔でキャサリンを見ると、冷ややかな声で笑った。

「ナイチンゲールの登場だな」とがめるようにマットは言った。「こいつを起こして、慰めてやってくれ。ただし、急ぐんだ。こいつはヒューストンへ行かなければならないからな」おそるおそる顎に手をやったハルを、冷たく見つめる。

「なんだよ、たった四頭じゃないか……」ハルが口を開いた。

「一頭たりとも無駄にはできないんだ」マットが応じた。

「ジェリーとぼくにだって、牧場経営の権利はあるんだぞ」ハルが言い返した。「兄貴だけのものじゃないんだ！」

「お前が責任を果たせるようになるまでは、ぼくが管理する」マットが答えた。「大人になれ！」

ハルは立ちあがると、自分より背の高い長兄を見返した。「鉄の男になれということかい？」ハルは陰気な笑い声をあげた。「兄貴は鎧《よろい》をまとって決してすきを見せない。人間らしい弱みをね。特別な女性に見せる弱みさえないってわけだ」

「今夜の便があるかどうか、すぐに電話で問いあわせたほうがいいな」ハルのささいな抵抗を無視して、マットが言った。

ハルは頭を傾けた。「おおせのとおりに、ボス」顎に指をあて、憂鬱《ゆううつ》そうにキャサリンを見る。「きみはちゃんとよけたほうがいいぞ、いとこどの」

キャサリンは階段へ向かうハルを目で追った。そして、ダイニングルームへと戻りかけたとき、マットに腕をつかまれた。

それは、なんとも言えない感覚だった。髪にため息がかかるほど、マットはキャサリンのすぐ近くにいた。袖《そで》越しに感じる彼の指は鋼のようで、キャサリンは息をするのさえ忘れた。

「ぼくが怖い？」マットが尋ねた。

キャサリンは振り返り、緑色の瞳で彼を見つめた。「いいえ、そんなことはないわ。ただ、ときどき、まるで別人のように思えることがあるだけ」

「ハルは責任について学ばなければならない」マットは言った。

「そのとおりね」キャサリンは答えた。「でも、あなたのようにはなれないのよ」

マットは怒りをくすぶらせたまま、ため息をついた。急に静まり返った玄関ホールで、黒い瞳が彼女の瞳を探った。

「デートに遅刻するわよ」いやみな口調でキャサリンは言った。

「仕事上のつきあいだよ」マットが答えた。クリスマスにキャサリンがプレゼントした金色のたばこ入れをとりだして、時間など気にしていないかのように、たばこを口にくわえて火をつける。

「同じことだわ」キャサリンが言った。

マットは首を振ってほほえんだ。「仕事上のパーティなんだよ。主催者たちの奥さん以外に女性はいない」

「説明してくれなくてもいいわ」キャサリンはふたたびダイニングルームに向かいかけた

が、力のこめられた彼の指に引きとめられた。

「説明しているわけではないさ」マットは言った。

キャサリンは彼の赤いネクタイを見つめた。マットの指に首筋をなぞられ、唇が震える。息苦しさを感じながら、彼女は視線を上げた。

「やめて」くぐもった声でキャサリンは言った。こんなふうに触れられたのは初めてだ。彼女はおびえた。

「なぜ?」マットがささやくような声で尋ねた。「ぼくたちは独身だ。少しぐらい触れあっても罪はないさ、ハニー」首筋から肩にかけて手を這《は》わせながらほほえむ。

「わたしはだめよ」キャサリンは言った。手を伸ばして彼の指をとらえる。「樽《たる》のなかの魚をとるようなものよ。フェアじゃないわ」

「魚は魚だ。そうだろう?」

「マット……」

彼はキャサリンのふっくらした唇を見つめた。さらに近づき、たばこを持ったままの手を彼女の腰に回して引き寄せる。

キャサリンはすっかり息ができなくなっていた。黒く神秘的な彼の瞳を見あげ、自分の体が震えるのを感じた。もちろん以前にも、泣いている彼女を慰めようと、抱きしめてくれたことはあったし、病気のときにベッドまで運んでもらったこともあった。だが、欲望に燃える黒い瞳で見つめられたことも、ふたりのあいだに漂うわけのわからない雰囲気を感じたこともなかった。

「ちゃんとしたキスをしたことがあるかい？」かすれた声でマットがささやいた。

弱々しい息をついて、キャサリンの唇が開いた。「もちろんよ……」

「それはよかった」顔を近づけながら、マットはささやいた。「きみにとっては、初めは荒っぽい感じがするかもしれない。怖がらなくていいよ」

「マット！」キャサリンは身をすくめた。

彼は指でキャサリンの顎をすくいあげると、彼女が見たこともないような恍惚《こうこつ》とした表情を浮かべた。「どうしてそんなにおびえているんだい？」息がキャサリンの唇にかかる。

彼女は心に秘めた思いを抑えきれなくなり、マットの襟を握りしめた。震えていることを、気づかれてしまったに違いない。

「ほらごらん」唇が触れあいそうな距離で、マットはささやいた。「ぼくが欲しいんだろう？　そのためには、ほんの一センチ近づけばいい」彼はささやき、さらに顔を寄せて、キャサリンにミントの香りのする息を吸わせた。「そして、ぼくはきみを手に入れる」

「お願い……」キャサリンは弱々しい声で訴えた。彼の言葉、コロンの香り、引きしまった体のぬくもり、そのすべてに力を奪われていた。「マット、どうか、お願い……」いつの間にか、冷たく震える手が彼の首筋に伸びる。

「まずいな」マットは優しく笑った。両手は彼女の腰をとらえている。「いまは、だめだな」

キャサリンは目を丸くした。彼女は震えていた。震えているのだ！ それなのに彼は、とても世慣れた様子で愉快そうに笑っている。

「ひどいわ」キャサリンは小さな声で言った。涙がこぼれそうになる。

「すっかり遅刻だ」マットが言った。「夕食を食べておいで、ハニー。すべては明日の晩までおあずけだ。映画を見に行くまでね」低い声で昼間の言葉を彼女に思いださせる。

「ぼくはビールは飲まないから」

「行かないわ！」じらすだけじらしておいて、さっさと行ってしまうマットを、キャサリンは体を震わせてにらみつけた。

「行くさ」マットの瞳が彼女の視線をとらえた。

なんとか平静を保とうとしながら、キャサリンは彼から体を離した。「誘惑なんてさせないから。あなたは新しい遊びを求めているだけなのよ。わたしはそんな遊びの相手にはならないわ」断固とした口調で告げる。

マットは喉の奥で笑い、瞳を輝かせた。「臆病《おくびょう》だな」そっけなくつぶやく。

キャサリンは赤くなり、ダイニングルームへ向かって駆けだした。

その夜は、なにを話しかけられてもキャサリンはうわの空だった。マットの手の感触と、彼の息がかかった唇の感触が消えなかった。経験したことのない新たな欲望が芽生えて体中がうずき、落ち着かなかった。明日の午前中は、なにも感じていないふりをしなければならない。どう感じているかをマットに知られたら、身の破滅だ。彼がなにを考えているのかわかればいいのに！　わたしを手もとに置いて支配するために、じらしているだけ？　キャサリンは不安にさいなまれて明け方まで眠れず、彼の魅力のとりこになる前に自由にならなければと、いままで以上に決意をかためた。

ハルは夜のうちに出かけてしまい、朝食の席には現れなかった。そのかわり、ベティとマットがいた。

ベーコンエッグにぎこちなく手を伸ばすキャサリンを、マットがからかうように見つめた。

「あんなに激しい雨のあとに、こんなにいいお天気になって」ベティが言った。「フォートワースまでドライブがてら行って、買い物をしてくるわ。キャサリン、なにか買ってくるものはある？」

「いいえ。ありがとう、ママ」マットに見つめられて鼓動が激しくなることにいらだちながら、キャサリンは答えた。

グレーのスリーピースを身につけているマットは、見るからに威厳があった。キャサリンはシンプルなグリーンのノースリーブのニットにスカートという姿だったが、仕事の初日にしては着飾りすぎてはいないかと不安を覚えた。

「今朝は、どんな服で仕事に行ったらいいのかわからなくて」キャサリンがためらいがちに言った。

「秘書のエンジェルもほかの女性たちも、たいていはワンピースかスカートだな。営業のジャックはスーツ。ぼくは時と場合によって、スーツだったりジーンズだったりするよ」マットが言った。「特別、服装規程はないんだ。きみさえよければ、ジーンズでもかまわないよ」

「明日からそうするわ。わたしのオフィスはあるのかしら?」キャサリンはにっこりして尋ねた。

「ぼくのオフィスを一緒に使ってもらうよ。余分な机があるから」マットはコーヒーを飲みほした。「さあ、行こう」

「ええ。じゃあね、ママ」マットが引いてくれた椅子から立ちあがり、キャサリンはつぶやいた。彼の紳士的な態度にとまどわずにはいられない。ベティもそれに気づいたようだったが、ほほえんだだけだった。

マットの隣でリンカーンの助手席に座っているのは奇妙な感じだった。いつになく静かなキャサリンを、彼は不思議そうに見た。

「どうしたんだい？」牧場の事務所の前へと車を進めながら、マットが優しく尋ねた。

「別に」キャサリンはあわてて言って、笑顔を向けた。「競売の宣伝のアイディアを考えていたの」

幸い、マットはその言葉を信じてくれたようだった。彼は車から出てキャサリンの側のドアを開けた。しかし、その場を動かなかったので、車から出た彼女は、マットの腕のなかに飛びこむ結果になった。

力強い手を肩に感じ、キャサリンは彼の存在感をひどく意識した。呼吸も満足にできない状態で、とても彼を見ることはできない。彼女の胸は激しく高鳴った。

「今朝はずっと、ぼくを見ようとしなかったね」マットは静かに言った。「それは、ぼくがきみにキスしようとしたせいかい？　それとも、じらしたままキスをしなかったせい？」

キャサリンの顔は真っ赤になった。やはり、彼の顔を見ることはできない。唇を開いて性急に息をついた。「初めてで……」

「ああ」

「マット……」

「なに？」

「だって……マット」ようやくキャサリンは顔を上げた。緑色の瞳で、彼を見つめる。

マットは息をのんだように見えた。そして、ただ彼女を見つめ返す。

「怖がることはないよ、キット」深みのある穏やかな声で、マットは言った。

「あなたったら、まるで別人で……」

マットは首を振った。「違うよ。きみがいままでと違う角度でぼくを見ているだけだ」

「なぜ?」どうしても知りたくて、キャサリンは尋ねた。

彼女の肩に置かれたマットの手に力がこもった。「いつかはっきりするさ、ハニー」彼は言った。「さあ仕事だ」

マットはキャサリンの体を事務所のほうに向かせて、背中を押した。すばらしいパソコン設備が整っているそこでは、四人の女性とふたりの男性が働いている。数千ドルの牛が、この事務所のパソコンで売買されていた。マットの事業は順調だった。

カーペットを敷きつめたマットのオフィスは、革とアースカラーと硬材を使った内装で整えられ、とても彼らしい雰囲気があった。彼の机ではないもうひとつの机には、パソコンとプリンタが据えられていた。

「これの使い方はわかっているね?」マットはからかうようにきいた。

キャサリンは彼をにらみつけた。「ええ。大学で同じような機種を使っていたわ」

彼の視線がキャサリンの唇に移った。事務所にはほかにも女性たちがいてくれてよかったと、彼女は思った。ほかの女性たちがいるところで、マットも変なまねはできないだろう。

「パソコンで問題が起きたら、エンジェルが助けてくれるよ。ぼくのオフィスの外の机にいるブルネットの女性だ。競売関係についての情報も持っている。わかったかい?」

「ええ」キャサリンは椅子に座ってキーボードを見つめた。いくつもの入り乱れた感情のせいで、いらいらして不安だった。

「今夜は、そんなヘアスタイルにはしないでほしいな」ふいに、マットが言った。

キャサリンは顔を上げ、髪を結いあげていたことを思いだした。「えっ?」

「髪はアップにしないでくれ。ヘアピンは嫌いなんだ」

「あなたって、命令しないでいることがあるの?」キャサリンが尋ねた。

「もちろん。ベッドのなかならね」

キャサリンの顔が赤くなるのを見て、マットはにやりとした。セクシーで自信に満ちた彼のほほえみが、キャサリンの不安をさらにあおった。彼はハンターで、彼女は獲物だった。そうなることをキャサリンはずっと望んでいたはずなのに、いざそうなってみると怖かった。

「でも」キャサリンは落ち着かない思いで続けた。「ドライブインシアターへ、あなたと行きたいかどうかわからないわ」

「行きたいはずさ」マットが応じた。片手をキャサリンの椅子に、片手を机の端に置いて、彼女のほうへ身を乗りだす。

間近に見る日に焼けた彼の顔には、苦労がしわとなって刻まれているようだった。キャサリンはその顔に触れたくなった。

ふたりは見つめあった。彼の顎がこわばり、息が乱れるのをキャサリンは感じた。

「きみの唇が欲しいよ、キャサリン」マットは思いがけないことを言った。「さて、みんなを驚かす前に、ここを出たほうがよさそうだ」

マットが手を離すと、彼女は机の上の書類をぎこちなく手探りした。自分の無器用さと経験の浅さを感じながら、キャサリンは自分が聞きたいと思ったことを彼が言ったのかどうかわからずに悩んだ。

「じゃあ、始めるわ」かすれた声で彼女は言った。

「そうしてくれ」マットは両手をポケットに入れてから、彼女の顔に一瞬不安そうな表情が浮かんだのに気づいた。「キャサリン、ぼくはきみを傷つけたりはしないよ」小声で彼は言った。

真っ赤になったキャサリンを残し、マットはオフィスから出ていった。

これからどうしよう。キャサリンはとても彼が欲しかった。いままで、マットのように彼女の心に住み着いた男性はいなかった。しかし、彼がキャサリンに興味を示すのは、彼女のボーイフレンドのことを詮索《せんさく》するときくらいだった。マットにとっては必要なことだったとしても、ボーイフレンドたちには迷惑な話だった。

キャサリンは彼の独占欲の強さをいぶかしんだ。マットはいつの間にか彼女の人生に入りこんでいた。キャサリンがそれと気づく前に、人生そのものになってしまった。そして、彼はそれを知っていた。キャサリンがなにより傷ついたのは、マットがほかの女性たちと次々デートを繰り返す一方で、彼女にも干渉してくることだった。彼は女性とのつきあいを隠そうともしなかった。

それは、彼が決して本気にならなかったからだわ。キャサリンは心のなかでつぶやいた。わたしに対しても、もちろんそうだ。ドライブインで彼にキスをせがんだりしないように、気を引きしめなければ。

ともかく、競売の宣伝の準備に全力をつくすことにしようと、キャサリンは決めた。まず、競売にかける牛のリストが必要だ。

彼女はパソコンでリストをとりだし、群れの番号、血統、体重、その増加率表を完成させた。牛の飼育は複雑な仕事だったが、キャサリンはそれを見て育ったおかげで心得ていた。

仕事に夢中になり、いつの間にか不安もいらいらもおさまっていた。キャサリンはマットを捜すことにした。

「マットを捜しているなら、出かけたわよ」エンジェルが両手で頬杖《ほおづえ》をついて、ドアを見つめながらため息をついた。「昼食のデートのために、サンアントニオまで飛んでいったわ。きっとまた、お相手はラレードの不動産業者の女性でしょうね」彼女はつぶやいた。「一カ月ぐらいのつきあいになるかしら。少なくとも、ニューオリンズの石油会社の女性重役よりはましだわ」笑顔でつけ加える。

「つきあっている女性がいるなんて知らなかったわ」屈託なく聞こえるように、キャサリンは言った。「そのお相手をうちに連れてくることはないから」

「そうでしょうとも！」意味ありげにエンジェルは言った。「わたしたちだって、彼女たちが電話してくるから知っているだけよ。前の女性とは三カ月くらいのつきあいだったわ。でも、もうあきたんでしょうね。ここ一週間はずっと、その女性からの電話をはぐらかしてばかりよ」

マットに近づきすぎたらどうなるのか、彼にあきられたらどうなるのか、キャサリンは思い知った。彼は結婚するタイプではなかった。自分でもそう言っていた。結婚は、彼がいちばん望んでいないことだ。

昨夜のことがあったせいで、彼に征服される一歩手前のリストに名前が載ってしまったことはわかっていた。キスされそうになっただけで、膝から力が抜けてしまったのだ。愛を交わすことにでもなれば、どうなってしまうのか想像もできない。

そして今夜、ドライブインに行こうとマットに誘われている。彼に触れられただけで、きっとなにも考えることはできなくなるだろう。出かけずにすむ口実を見つけたいと、キャサリンは望んだ。ラレードの不動産業者が彼を引き止めるかもしれないわ、と意地悪く彼女は考えた。そうなればそうなったでかまわない。

　キャサリンは机に戻ってパソコンのスイッチを入れた。さらに情報をインプットしたところで、間違ったキーをたたいてしまった。ぎょっとしている彼女の目の前で、プログラムが消えてしまった。まったくすてきな仕事始めだわ！

「エンジェル」キャサリンは猫撫《な》で声で彼女を呼んだ。

　年上の女性の笑顔が戸口からのぞいた。「なにかあったの？」

「あの、プログラムのコピーを持っている？」キャサリンはきいた。

　エンジェルは顔をほころばせた。「わたしも初日に同じことをしたのよ。わたしだけじゃないってわかってよかった。すぐ戻るわね」

　キャサリンは始めからやり直した。ちゃんとつきあっている女性がいるくせに、手を出してきたマットが許せなかった。しばらくディスプレイを見つめていた彼女の顔に、笑みが浮かんだ。ニューヨークへ行きたかったんじゃないの？　この仕事に失敗すれば、思っていたよりも早く行けるかもしれない。マットの怒りなんて怖くないわ。

　いたずらっぽい笑みを浮かべると、キャサリンは牛の名前をいじり始めた。もちろん、ほんの少しだけだ。〝コマンチ・フラッツ・マイル・ハイ四十二番〟を〝コマンチ・フラッツ・ミュール・ハイ四十二番〟という具合に。父牛と母牛の欄はもっとおもしろくなった。〝この若い雄牛の母親は、ミス・コマンチ・フラッツにもなったことがあるスタンディッシュ十番。彼女はまだ若いころ、コマンチ・フラッツ一勇猛だった雄牛、ストラッツと結婚した〟

パンフレット用の情報を打ちこむあいだ、くすくす笑っているところをエンジェルに見つからないよう、キャサリンはマットのオフィスのドアを閉めた。

マットは人目を引くものをつくってほしかったのよね？　これを見たら、どんなに驚くかしら！

4

キャサリンは、その日一日、笑顔の裏に気持を隠して過ごした。しかし、今夜のことが気になって頭から離れず、体中がうずいていた。これまで経験のない感情の波に、彼女は打ちのめされた。マットにすっかり夢中だった。恋人と思われるラレードの不動産業者の女性の話を聞いても、彼への気持はさめなかった。

キャサリンにもチャンスがないわけではなかった。昨夜のことを考えると、マットも彼女にまったく無関心というわけではないからだ。

退社時間になっても、マットは戻ってこなかったので、キャサリンはエンジェルに車で送ってもらった。屋敷に帰ると、友達のミセス・ガスリに会いに行くので遅くなるというベティのメモが残されていた。アニーは、金曜の晩はいつも妹のもとを訪ねているし、ハルはヒューストンだ。

キャサリンは薄紫色のシルクのブラウスに、薄紫、ワインレッド、グレーのストライプが入った巻スカートを身につけた。そして髪はブラシをかけてつやをだし、肩に下ろした。

マットが帰ったのは六時過ぎだった。ひどく疲れているようだったが、彼はキャサリンを見ると、瞳をきらめかせた。

「きれいだよ」マットは低くつぶやいた。

キャサリンは膝を曲げてお辞儀をした。「あなたのお気に召すように、ドレスアップしてみましたの」笑いながら彼女は言った。

疲れたようなマットの顔に笑みが浮かんだ。「まるで蝶《ちょう》だな」彼は言った。「きみがいると世界が色づく」

「ずいぶん大げさね、ミスター・キンケイド。あなたがそんなことを言うなんて思わなかったわ」

「シャワーを浴びて着替えるまで待っていてくれないか」彼女に近づきながらマットは言った。「きみが知らないぼくをもっと教えてあげるよ」

「それは楽しみね」甘えるようにキャサリンは応じた。

マットはにっこりして階段へ向かった。「急げば一回目の上映時間に間に合うだろう」彼は言った。「見たくないジャンルはある？　ビールさえ飲まなければいいのかい？」いたずらっぽくつけ加える。

マットにかかると簡単にどぎまぎさせられることをいまいましく思いながら、キャサリンは顔を真っ赤にした。「わたしはＳＦものがいいわ」

彼は本当にすてきだわ。ドライブインの駐車場に車を入れるマットの隣で、キャサリンは思った。ジーンズに青いチェックのシャツ、輝く革のブーツ、クリーム色のカウボーイハットという姿の彼は、とてもセクシーだ。

マットはそんな彼女の気持を見抜いているようだった。車のスピーカーに手を伸ばした彼が、キャサリンをちらりと見たことが、それを物語っていた。キャサリンはあわててスクリーンに向き直った。予告編が始まっていた。

マットがスピーカーのボリュームを上げた。キャサリンはその音を聞いているふりをしたが、実際は自分の心臓の激しい鼓動しか聞こえなかった。何年もわたしを無視してきたくせに、いまさらなぜ映画に誘ったのだろう？　わたしをこの土地にとどめておくためだろうか？

「ピザでもどうだい？」マットがきいた。

「ええ。それにコーヒーも。いいでしょう？」キャサリンは尋ねた。

「お望みとあらば、なんなりと」とろけてしまいそうなまなざしを向けて、マットはつぶやいた。

顔を赤らめ、キャサリンは彼を見つめ返した。セクシーにほほえみ、いたずらっぽい表情を浮かべた黒い瞳のハンターが、そこに座っていた。

「純情なんだな」マットはくすりと笑った。「ぼくが怖いのかい？」

「あそこのコーヒーがいいわ」キャサリンは、はぐらかすように言った。

場内売り場まで行く途中で、マットは彼女の手を握った。彼の大きな手に包まれて、キャサリンは背中がぞくぞくした。

人目を引くブロンドの女性が、わざとらしく彼に視線を送ってきた。信じられないことに、マットは女性を無視している。

マットがコーヒーとピザを注文している横で、キャサリンは不思議そうに彼を見つめた。

彼女を見つめ返し、マットはその腰に手を回して引き寄せた。「なぜそんな怪訝《けげん》そうな顔をしているんだい、キット？」

マットの手が彼女の腰をさらに引き寄せた。

「きみとデートしているときに、ぼくがほかの女性に目を奪われるとでも思っているのかい？」

キャサリンは彼の広い胸を見つめた。「いいえ、ごめんなさい。でも、とてもきれいな人だったから」にっこりしてつけ加える。

「きみの半分もきれいじゃないさ」

「お世辞なんてけっこうよ」

ウエイトレスがピザを運んでくるあいだ、目をそらしたキャサリンの顔を、マットはまじまじと見つめた。「キット、いずれ、いま言った台詞《せりふ》をとり消すことになるよ」

これまで見たどんな夢より甘い彼の言葉に、キャサリンの体はぞくぞくした。車へ戻るあいだ、彼女はマットの目を見ることができなかった。

「どうしてピックアップトラックにしたの？」車のなかでピザを食べながら、キャサリンはきいた。

「シートがビニール製だろう」マットはにやりとした。「仕事で使っているリンカーンのなかで、ぼくがピザを食べると思うかい？」

「つまらない冗談ね」キャサリンはつぶやいた。

「それに」最後のひとかけらをコーヒーで流しこみながらマットは続けた。「リンカーンのフロントシートは、この車の運転席より狭いんだ」

キャサリンは眉をひそめた。「それがどうかしたの？」

マットは眉をつりあげて含み笑いをもらした。「リンカーンのなかでは体が伸ばせないんだよ」

「そう」キャサリンはまだ理解できず、笑い声をあげる彼を見つめた。「ビールを飲まないことと関係あるの？」やがて顔を真っ赤にして、彼をにらみつける。「マシュー・デイン・キンケイド！」

「だってハニー、言いだしたのはきみだよ」マットが彼女に記憶を呼び覚まさせた。「ビールを飲んだらキスしないときみに言われるまで、ぼくはそんなことは考えもしなかったよ」

「まさか、本気にするなんて思わなかったのよ」キャサリンは言った。

「本気にするさ」巨大スクリーンに映像が浮かび、マットは座席の後ろに腕を回して、キャサリンを見つめた。映像の光が、ハンサムな顔を浮きあがらせる。「こっちへおいで、キット」

彼を見つめ返したとき、キャサリンの鼓動は止まった。

「大丈夫」マットがなだめるように言った。「きみがその気にならないかぎり、キスはおあずけだよ」

「あなたって意地悪な人ね」興奮を隠して、キャサリンはつぶやいた。彼に身を寄せたが、その腕が肩に回されるのを感じて、少し体をこわばらせた。しかし、マットに動く気配はなかったので、ほっとして彼の肩に頭をあずける。

キャサリンはスクリーンを見ていたが、その目にはなにも映っていなかった。マットの力強い指が、彼女の首や頬や髪をかすめた。触れられるたびにぞくぞくしながらも、彼がわざとそうしているのか、ただの偶然なのかわからなかった。

マットを見ようとキャサリンが顔を上向けると、薄暗がりで彼が自分を見おろしているのに気づいた。指が彼女の首筋に触れ、激しく脈打っている箇所を軽く押さえる。

キャサリンは息をのんだ。マットが欲しい。それを、彼に知られてしまった。あいたほうの手で、マットは彼女の顎に触れ、顔を近づけた。

マットは初めて彼女の唇をとらえた。キャサリンの手がためらいがちに彼のシャツに触れ、どうしてよいかわからずに、そこで止まる。

マットは唇を浮かせ、荒い息でささやいた。「触れたいなら、いいよ」

キャサリンは身をかたくした。彼女の不安を喜ぶように、マットが笑い声をたてた。

「初めてだ」キャサリンの唇に軽く触れて、彼はささやいた。「初めてだよ。こんなふうに感じたことも、女性に触れてほしいと思ったこともなかった。きみとだと新鮮な気持になるよ、キット」

「あなたは経験豊富だわ」そうささやくあいだにも耳たぶを軽く噛《か》まれ、キャサリンの鼓動はまた速くなった。

「もちろんさ。もう三十一歳だからね」マットは彼女の首筋を愛撫《あいぶ》した。「抱きしめてくれ、キット」

マットは彼女に手を貸して首に腕を巻きつけさせると、かたい胸に彼女を抱き寄せた。キャサリンのブラウスは薄く、下にはブラジャーをつけていなかった。下着をつけなかったことを、彼女は後悔した。なぜならマットのシャツも薄く、柔らかな胸の感触が伝わっているに違いないからだ。

マットは体をこわばらせた。キャサリンの背中にあった手が止まり、額の上で唇が開く。

「なんて柔らかいんだ」荒い息で彼がささやいた。

マットの手が彼女の胸に回された。その柔らかさを求めるように、親指が胸のラインをなぞる。

「少しだけ体を離してくれたら、もっときみに触れることができる。きみに触れたいんだ。この手にきみを感じて、その柔らかさをもっと知りたい」

キャサリンが体を震わせるのをマットは感じた。手をそっと背中に回して、キャサリンの体に触れながら、彼女の頬や耳に唇を滑らせる。

「わかった」マットは優しくつぶやいた。「少しペースを落とすよ」体を引き、からかうようにキャサリンを見つめる。「きみはどのくらい経験があるんだい?」

彼が腕の力をゆるめたので、キャサリンは身じろぎした。「そうね……」

「言ってごらん」

彼を見あげ、キャサリンは口をとがらせた。「あなたのせいよ。ママは経験豊富な男の子とはデートさせてくれなかったし、あなたはいつだってママの味方だった」

「もちろんだよ」マットは言った。「ぼくがばかに見えるかい?」

「だからデートの相手は、わたしと同じぐらい経験のない男の子だったわ」キャサリンはため息をついた。「それでは、経験の積みようがないでしょう」彼を見つめてつけ加える。

「ぼくがこれから教育するさ」マットはまじめな声で言った。彼女の顎を上げさせて、その瞳をのぞきこむ。「まったく経験がないってことかい？」

「ほとんどね」キャサリンは白状した。「恋人のキスをしたくらいよ。でも、いやだったわ」

マットはほほえんだ。ばかにされたと感じて、彼をぶとうと手を上げたが、その手を彼にとらえられる。

「こら」マットはつぶやいた。「ぼくだって傷つくよ」

「あなたが傷つくわけないわ」キャサリンは言い返した。「わたしを笑って、いつだって……」

ふたたび、彼の唇に唇をふさがれた。舌を差し入れられたのを感じ、キャサリンは体をすくめた。目を開けると、マットに見つめられていた。キャサリンはあえぎ声をあげ、彼の肩を握りしめた。

腕のなかにキャサリンの頭を抱えて、マットは彼女を横たわらせた。キスでキャサリンをうっとりさせながら、指は胸のふくらみをゆっくりとなぞる。柔らかな胸の先端に向かった指が、からかうようにおなかのほうに下りた。物憂げなその動きにじれて、キャサリンは体を弓なりにそらして声をあげた。

「恋人のキスはいやだったんだろう？」マットは彼を見つめた。

「あなたのキスは違うもの」キャサリンはささやいた。

「ぼくならやり方がわかるからね」マットはそっけなく言った。ふたたび彼女の胸の先端に指をあてる。「こういうやり方も知っている。きみをじらせるだけじらしてから、きみに触れるんだ」

腰のあたりに彼の指が戻ると、キャサリンは体を震わせた。「わたしを屈服させたいの……？」

マットは首を振った。「ひとりで楽しむつもりはないよ。こうすると」キャサリンのブラウスにゆっくりと指を這《は》わせながら、その言葉を強調する。「もっと気持よくなる。なぜ、ブラジャーをしてこなかったんだい？」彼は優しく尋ねた。「ぼくをがっかりさせたくなかったから？」

キャサリンはマットを見あげた。彼が欲しくてたまらない。「なにも考えていなかったわ」マットを見つめる彼女の息は、彼の指が愛撫の場所を広げていくにつれて荒くなる。

「マット、あなたに触れられたら、気絶しそう……」

「ぼくもだよ」マットはささやき、彼女の瞳を見つめた。「ぼくを見て」

彼女の胸の先端に触れたマットは、てのひらでそのふくらみを包みこんだ。キャサリンは体を震わせて彼にしがみつき、声が出ないように唇を噛んだ。

マットは頭をかがめた。「一生、きみとキスしていられそうだよ、キット……」優しく、それから激しくキスする。

キャサリンはマットにしがみつき、彼にぴったり寄りそった。ふいに、ブラウスの下に入ってきた彼の手に柔らかな肌を探られ、世界が消え去ったような感覚に陥る。

「そんな声を聞いたら、抑えがきかなくなってしまうよ」マットは彼女の耳もとでささやいた。キャサリンの体が弓なりにそると、手をこわばらせる。「こうしてきみに触れているのは、すばらしい」彼は震えるキャサリンの唇に優しくキスしながら、指で軽くその体をなぞり、彼女がどう感じているかを物語っている胸の先端で指を止めた。

車の外で物音がしたので、マットが顔を上げた。キャサリンと同じように、彼の呼吸は荒く、唇は少し腫《は》れていた。マットはバックミラーを見た。呼吸を乱したまま、ゆっくりと手をキャサリンの肩に置いた。

「体を起こして座ったほうがいい、ハニー」マットは静かに告げた。「誰か来る」

マットはポケットからたばこをとりだし、火をつけた。そして、震えているキャサリンの体を抱き寄せ、映画に熱中しているふりをした。懐中電灯を持った警官がやってきて、ふたりのいる車のなかをちらりとのぞいてから、別の車のほうへと歩いていった。

警官の懐中電灯が、車のなかにいる若いカップルが毛布の下であわてて離れる姿を照らしだした。警官はそこで止まった。警官が来るのがあと少し早かったら、どんなにあわてていただろうと思いながら、キャサリンは映画に注意を戻した。

「警官は安全弁なんだよ」マットはほほえんでみせ、静かに言った。「さしずめ、巡回産児制限だな」

キャサリンは声をたてて笑い、彼の胸に顔をうずめた。「ひどい人！」

「ほんの少し前まで、きみはそう思っていなかったくせに」

キャサリンはさらに身を寄せた。「そうかしら？」

マットは彼女の顎を撫でて、乱れた髪にそっと唇を押しつけた。「おとなしく映画を見たほうがよさそうだな。公然わいせつ罪でつかまって留置場にぶちこまれたぼくたちの保釈に、家族がどんな反応を示すか目に見えるようだよ」

「みんな、そんなこと信じないわ」キャサリンは断言した。マットは彼女と目を合わせた。

「信じるさ」そう言って、食い入るように彼女を見つめる。「なんだかまだ、愛を交わしているような顔をしているね」

「あなただって」キャサリンも言い返した。

マットはゆっくりとほほえんだ。「きみに教えなければならないな」彼はつぶやいた。

「男に愛されたとき、どういう反応をしたらいいか、きみは知らないだろう？」

「まだ初心者ですもの」キャサリンは彼に思いださせた。

「当分、そのままだよ。たぶんね」マットは彼女を見つめ、真剣な声で言った。「わかってくれるかい、キット？　きみを誘惑するつもりはない」

「ベッドへ連れていくつもりはないっていうこと？」キャサリンはあざけった。「わたしが相手では不満なの？」

「とんでもない」マットは答えた。「ベティがぼくを信じきっていることをのぞけばね」キャサリンを引き寄せて額に軽くキスする。「きみをなによりも大切にしなければならない。妊娠させて結婚するようなまねだけは、絶対にしたくない」

その言葉が、鋭いナイフのようにキャサリンの胸を突き刺した。「結婚だけはしたくない、でしょう」マットと結婚できる可能性はまったくないと知って死にたい気分だったが、彼女は無理に軽く言おうとした。「お互いさまね。わたしだって、わたしの能力についてあなたを納得させたら、生涯をかける仕事が待っているもの」

そんな返事を予想もしていなかったように、マットは顔をしかめた。「本気かい？」

「もちろんよ！　約束したでしょう、マット！」キャサリンは仕事のことを思いだした。マットが約束を守るはずがないことは、彼女にもわかっていた。おそらく、彼もそれを自覚しているだろう。だが、惨めな失敗をすれば、彼も自立の邪魔をするのをあきらめるかもしれない。航空券代ぐらいなら出してくれるはずだ。キャサリンは顔を上げて彼を見た。

「約束したわよね」そう繰り返す。

マットは視線をスクリーンに向けて、ため息をついた。「約束したよ」

彼を深く愛しているキャサリンは、その答えに傷ついた。マットの広い胸に頭をあずけたのは、彼に表情を読まれたくなかったからだ。「残念だったわね」

「なにが？」

「あなたの作戦がうまくいかなくて」キャサリンはつぶやいた。「あなたとキスするのはすてきだわ、マット。だからといって、それでわたしをこの土地につなぎとめることはできないわよ」

キャサリンの体に回した彼の腕が、一瞬こわばった。マットは新しいたばこをくわえた。

「そういうことなら、別の方法を考えなくてはならないな、キット」

やはり、わたしをここに連れてきたのは、この土地にとどまらせる手段だったのだ。マットはわたしが彼を求めていることは知っていても、その気持がどれほど強いかには気づいていない。ニューヨークへ行こう。自分の弱さを自覚する必要のない場所で、わたしを愛してくれる男性を見つけよう。わたしをしばりつけようとしない男性を。

「だが、とりあえず」

マットのつぶやきを聞き、キャサリンは顔を上げた。

「少しはきみに教育できたかどうか、試してみないといけないな。きみがちゃんと身を守れるように」マットの唇が飢えたように荒々しく彼女の唇を求めた。

あまりにも長く激しいキスだったので、彼がようやく唇を離したときには、キャサリンは半ば気を失っていた。

マットは呆然《ぼうぜん》としている彼女の瞳をのぞきこんだ。「ぼくに夢中になってはだめだよ、ハニー」皮肉をこめて続ける。「ぼくを本気にさせられる者はいない。たとえ、きみでもね」

キャサリンは自分の耳を疑った。マットに皮肉を言われるなんて、これまでなかったことだ。「わかっているわ」ぶっきらぼうに彼女は応じた。

マットは楽しげに笑った。「どれどれ」

彼がもう一度顔を寄せてきたとき、キャサリンはその唇に指を押しあてた。「ラレードの不動産業者の女性にも注意してあげたの?」そう言って、驚いた顔の彼にほほえみかける。「わたしよりも、彼女のほうに注意してあげたほうがいいと思うわ」

キャサリンがスクリーンに顔を向けると、マットは灰皿でたばこをもみ消した。「レインのことを誰から聞いたんだい?」マットが静かにきいた。

キャサリンは不機嫌に彼を見つめた。「うちに連れてこないからといって、家族があなたの恋人のことを知らないとでも思ったの?」

警戒のまなざしで、マットは見つめ返した。「レインとは、一緒にプロジェクトを進めている」しばらくして彼が言った。「飼育場を広げるつもりなんだ。彼女はぼくの希望に合った土地の地主を知っている」

「どんな感じの人なの?」そんなことを知りたがる自分を嫌悪しながらも、キャサリンは尋ねた。

おかしなことに、彼はそれを話すことを気にしていないようだった。ほほえみさえ浮かべて答える。

「二十九歳で、背が高く、黒い瞳に黒い髪の女性だよ」

「経験も豊か？」キャサリンは尋ねた。

「経験も豊かさ。ぼくの生活のその方面について興味があるなら答えるが、つきあってきた女性たちはみんな経験豊富だったよ。いままできみは、そんなことを気にもしていないようだったけれどね」

「興味なんてないわ」キャサリンは言葉をにごした。

「そうかい？　ぼくの膝の上に座るつもりがないなら、手を貸して」マットは彼女の手をとって指を絡ませた。そしてシートにもたれ、もう一本たばこを吸いながら映画のスクリーンを見つめた。

帰りの車中はラジオの音だけが響いていた。ふたりはずっと黙ったままだった。

キャサリンは自制心をかき乱す情熱と闘いながら、マットとともに屋敷に入った。彼がなにを考えているのかわからない一方、彼に対する自分の弱さを見透かされているのが怖かった。

マットが正面玄関のドアを閉めて鍵《かぎ》をかけたとき、なにを考えているのか尋ねようとして、キャサリンは振り向いた。マットも彼女を見つめ、カウボーイハットを玄関ホールのテーブルの上に投げだした。そして、ゆったりとした足どりで、彼女のほうへ歩み寄る。

「マット……」キャサリンが口を開いた。

マットは彼女の腰に腕を回して引き寄せた。「立ったままキスするのも、とても興奮するものだよ」つぶやくように言う。「もっとそばにおいで、キット。脚が触れあったからといって脚がとけるわけじゃない」

「やめて……」彼の手がヒップへと滑りおり、さらに抱き寄せられると、キャサリンは息をのんだ。

「このほうがいい」いたずらっぽくほほえんで、マットがささやいた。

「ママに言われているの。こんな……」キャサリンはなんとか拒もうとした。

「静かに」マットは両手で彼女の後頭部を抱え、望みどおりの位置に顔を向けさせて、キャサリンの抵抗を唇で封じた。彼女の柔らかな唇を舌でなぞる。

彼の腰がリズムを刻んでゆっくり動くと、キャサリンは顔を赤らめた。自分の思いどおりに彼女が動くまで、マットは何度もキスを繰り返した。

とうとうキャサリンは爪先立ちになり、彼の首に腕を回した。

「そうだ」彼女の唇にマットの息がかかった。「そうだよ!」彼はヒップを抱えた腕で、キャサリンを床から持ちあげた。

ふたりは欲望の炎と激しく打つ鼓動に包まれて、なにも考えられなくなった。

キャサリンはまだ彼が欲しかった。彼の胸の鼓動を感じながら、激しい口づけに夢中になる。

突然、マットが体をこわばらせた。キャサリンを自分の足で立たせて体を引き離し、黒い瞳でキャサリンを見おろす。「二階へ行ってくれ、ハニー」かすれた声でマットは言った。「早く」

「でも、マット……」ささやくような声でキャサリンは抵抗した。体の震えが止まらない。

「とても、きみが欲しい」マットは噛みしめた歯のあいだから声を絞りだした。瞳にも波打つ胸にも、欲望がはっきり表れている。「間に合ううちに、ぼくのそばから離れるんだ」

キャサリンは彼の言葉に逆らえなかった。彼女はほんの一瞬迷いを見せたが、理性の声に促されるように階段へ向かった。彼女は階段の手すりに手を置いた。唇にはまだマットの唇の感触が残り、胸には押しつけられた彼の胸のかたさと、鼓動の響きが感じられた。

キャサリンは階段のいちばん上まで来ると、足を止めて階下を見おろした。

マットはまだそこに立っていた。片手にたばこを持ち、身じろぎもせずに彼女を見つめている。

キャサリンは唇に指を押しあてると、とっさに投げキスをした。彼がほほえんだ。

突然、マットにも自分と同じ弱さがあるのだと、キャサリンは感じた。彼もわたしを欲しがっている。もしもそうなら、マットに勝つための武器をえたことになる。とうとうマットに勝つことができるのだ。ついに、彼の支配から逃れられる。

でも、わたしは本当にそれを望んでいるのだろうか？

5

キャサリンはなかなか寝つけなかった。朝になり、服を着て朝食をとりに下りていくのは、気が重かった。

すべてがかわってしまった気がした。マットは意地悪くからかう義理のいとこから、セクシーな見知らぬ他人になっていた。昨夜、かいま見た彼のそんな一面をどう扱ったらいいのかわからなかったし、彼の行動の理由を推しはかることもできなかった。

ただ、マットが永続的な関係を望んでいないことだけは、とてもはっきりしていた。じゃあ、なぜ？　わたしをこの土地にとどめておくためだろうか？　そんなはずはない。始終うっとり見つめられて、まとわりつかれることは望まないはずだ。きっと、ラレードの不動産業者の女性と喧嘩《けんか》でもして、彼女の怒りがおさまるまでの暇つぶしなのだろう。

階段を下りながら、キャサリンはマットに会えることに胸をときめかせながら、不安も感じていた。ダイニングルームの戸口で、マットの視線を感じて飛びあがらんばかりに驚いたが、キャサリンは彼のまなざしを正面から受け止めた。

ベティはちょうど朝食を終えたところだった。「おはよう」彼女は明るい声で娘に声をかけた。「ジェインのところへコーヒーを飲みに行ってくるわ。マットがあなたに時間をくれるなら、町で一緒にランチを食べましょう」

「いいですよ」マットはキャサリンにほほえみかけた。

彼はジーンズに、シャンブレー織りのシャツという格好だった。胸もとをはだけているので、キャサリンは彼から視線をそらさずにはいられなかった。

「いいわね」わざと明るい笑顔で、キャサリンは母親に言った。

ベティは娘の横を通るとき、その頬にキスした。「じゃあ、あとで。マット、またね。

ふたりとも無理は禁物よ」

「大丈夫ですよ」マットは顔を赤らめたキャサリンに含み笑いをもらしながら答えた。

皿に料理をとってから、キャサリンはマットを見ないようにして彼の向かいに座った。

母親の車が出ていく音がする。

「そんなに警戒しなくてもいいよ。ふらちなまねはしないから」

キャサリンはマットのほうをちらりと見た。彼はブラックコーヒーを飲んでいる。「そう願いたいわね。ラレードの女性の心を踏みにじることになるもの」

「きみの心はどうかな、キャサリン・ブレイク」優しくマットがきいた。

キャサリンは探るように彼の顔を見た。「問題ないわよ」

「どうかな」マットはコーヒーカップを置いた。「きみが欲しい」

キャサリンは目を見開いた。

「そうさ」マットは言った。「きみが欲しいんだ」

「でも、簡単にはつかまらないわよ」キャサリンはためらいがちに言った。

「ぼくのものにするさ」マットは穏やかに続け、ひやかすように笑った。「逃げたければ、ご自由にどうぞ。だが、ぼくはすぐ後ろを追い続ける。きみをつかまえるまでね」

「妊娠するわ！」キャサリンは声をはりあげた。

マットは目を閉じた。「そんなことにはならないよ」彼が言い返した。「巡回産児制限があるかぎりはね」

「二度とあなたとはドライブイン・シアターに行かないわ」キャサリンの反応は早かった。

マットはうんざりしたようにため息をついた。「それはそれで、問題がありそうだな。ほんの二分もふたりきりでいたら、どこへ行き着くかはわかるだろう」

「あなたのベッドじゃないことはたしかよ」キャサリンは断言した。

「カーペットのほうがいいな」マットは言い返した。「ずっとスリリングだ」

彼のあつかましさに、キャサリンはコーヒーにむせそうになった。濡《ぬ》れた瞳で彼を責めるようににらんでも、マットはにやりとしただけだった。

「宣伝の仕事をするために、わたしはニューヨークへ行くのよ」キャサリンは言った。

「競売の仕事をすませるまでは、だめだよ」マットは軽く受け流した。椅子の背もたれに寄りかかり、彼女を見つめながらシャツのボタンをもうひとつはずす。

日焼けした肌と濃い胸毛に、キャサリンは目を丸くした。唾《つば》をのみこんで無理に視線を皿に落とす。

「どうかしたのかい、キット？」マットはつぶやいた。「シャツを着ていない姿ぐらい、見たことがあるだろう？」

たしかに見たことはあるが、見るたびに膝の力が抜けそうになっていたのだ。

「仕事に遅れちゃうわ」キャサリンは押し殺した声で言い、ベーコンを食べ終えてコーヒーを飲んだ。

「ボスはぼくだ。知っているだろう？」

口もとをナプキンでふいて、キャサリンは立ちあがった。「お化粧を直さないと……」

「まだいいさ」マットは頭を傾け、キャサリンの膝から力を奪ってしまう表情で、彼女を上から下まで眺めた。「こっちへおいで」

「マット……」

「ここに来るんだ、キット」有無を言わさない口調でマットは言った。

あらがえず、キャサリンは彼のもとへ向かった。

マットは手を伸ばし、膝の上にキャサリンを座らせると、自分のほうを向かせてゆっくり揺すった。「これを……ここに」彼の首に回されていないほうのキャサリンの手をとり、自分のシャツのなかに滑りこませる。そしてマットは、あたたかい肌を感じている彼女の表情を見つめた。「そう、いい気持だよ」キャサリンの唇に顔を近づけながらささやく。「すごくいい気持だ。手を動かしてくれ、キット」

「あなたなんて嫌いよ」キャサリンはかすれた声で言った。

「わかっているさ。さあ、キスしてくれ」

言われるまま、キャサリンがマットのあたたかな唇にキスすると、彼の唇が飢えたような動きを見せる。マットの胸にある彼女の手は、激しく脈打つ鼓動を感じていた。

「ああ」マットの息が荒くなった。片手で残りのシャツのボタンをはずして胸をはだけ、張りつめて波打つ腹部へと彼女の手を導いた。

「マット」うめくようにその名を呼び、キャサリンは目を開けて彼を見つめた。

「ここでいま、きみをどうにかすることもできる」マットはささやいた。自分の体に置かれたキャサリンの手を自分の手で押さえつける。「きみに触れられると、頭に血がのぼるよ」

キャサリンは自分を抑えることができず、さらに身を寄せた。できるだけ彼と寄りそうことしか考えられない。彼女はマットの力強さと彼のにおいに包まれた。

突然、庭でざわめきが起こった。二台のトラックが、競いあうようにして到着した音だ。

そのにぎやかな音が魔法をとき、キャサリンに彼の腕から逃れるチャンスを与えた。

彼女は立ちあがり、マットから少し離れて乱れた息を整えようとした。マットにこんなまねを許してはいけない。彼には遊びでも、わたしは本気なのだから。

プライドを呼び起こして、キャサリンは髪に手をやりながらちらりと彼を見た。「ラレードの女性では物足りなくなったの、マット？」できるかぎり穏やかにキャサリンは尋ねた。「それとも、目先のかわった相手を求めているの？」

その言葉は、マットを驚かせたようだった。彼女を見つめる瞳が、険しいものにかわる。

「二、三日考えてみるんだ、ハニー。それで、どういう結論になったか聞かせてくれ」マットはシャツのボタンをかけ直し、髪を整えてにやりとした。「髪をどうにかしたほうがいい。それに、その腫《は》れぼったい唇には、口紅を塗り直したほうがいいかもしれないな」

心は混乱し、胸はまだ速い鼓動を刻んでいるなか、キャサリンは彼を見つめ返した。

マットは立ちあがった。「そんなに不安そうな顔をしないでくれ。すごく単純なことさ。だが、きみがとても若いということをすっかり忘れていた」

「あなたと関係を持ったりしないわ」キャサリンは緑色の瞳を怒りに燃えあがらせて、ぶっきらぼうに言った。

マットの眉がつりあがった。「この屋敷のなかで、どうすればうまく関係を持てると言うんだい？」彼が尋ねた。「ハルはなんにでも首を突っこむ。アニーだって同じようなものだ。それにきみのお母さんは、知ってのとおりの心配性だ！　うちのなかでなんとかうまくやろうとすれば、ハルは壁に穴をあけてでものぞこうとするだろうな」

キャサリンは笑うまいとしたが、瞳の輝きがそれを裏切った。

「そうだな、なんとかしなければいけないな、キット。少し時間をくれないか」マットは言った。「化粧を直しておいで。ぼくは牧畜業者に会うことになっているんだ」

ため息をついてキャサリンは彼に背中を向け、階段へ向かった。昨夜より、さらにマットの気持がわからなくなっていた。これからは、できるだけ彼に近づかないようにして、心のまわりに壁を張り巡らさなければ。獲物を追うマットは、手ごわい相手なのだから。

キャサリンの不安を、マットは予想していたようだった。彼女が階下に下りてみると、マットは昔と同じ親しみやすい彼に戻っており、事務所へ行くあいだもずっとその雰囲気を崩さなかった。おかげで、仕事を始めるころには、彼女の緊張もとけていた。

「リストはできた？　まだ打ちだしていないのかい？」

わたしが打ちこんだ受賞牛のリストを見せたら、彼はどんな反応を示すだろう？　キャサリンは咳《せき》払いをした。「その……まだ、見てもらう段階までいっていないの」

「わかった」マットは気楽に言った。「あまり時間をかけすぎるなよ、ハニー。再来週には、印刷屋に渡す必要があるんだ」

「それまでには、ちゃんとやっておくわ、ご心配なく」心ならずも彼の唇に視線がとまり、キャサリンは先ほどの歓《よろこ》びを思いだして目が離せなくなった。

「いまは、だめだ」いたずらっぽくマットがつぶやいた。「仕事中は、頭を冷やしておかないとね」

キャサリンが言葉を返す前に、彼はオフィスから出ていった。

マットが牧畜業者の応対をしているあいだに、キャサリンは牛のファイルを引きだし、ひそかに訂正した。競売をめちゃくちゃにするというアイディアは、あきらめることにした。ニューヨークへ行きたいのなら、宣伝の才能を証明して、マットに約束を守らせるのだ。競売を台なしにしても、苦しみを引きのばすだけだ。彼が追いかけ回すのをやめないつもりなら、仕事は早く終えるにかぎる。彼に対して、長く抵抗できないことはわかっていた。

正午になるころ、エンジェルがドアから顔をのぞかせた。「ねえ、わたしたちと一緒に、サンドイッチでも食べに行かない？」

「うれしいけれど、母と昼食をとる約束なの」すまなそうにキャサリンは言った。「また誘って」

「いいわ！　もう出かけるなら、わたしが鍵《かぎ》をかけておくわよ。マットは牧畜業者とビジネスランチをとる予定だから、しばらく帰ってこないし」

「ええ」キャサリンはＵＳＢメモリをとりだして、パソコンの電源を切った。

母親と町へ向かう途中、キャサリンは変更した情報を保存していなかったことを思いだした。

なんてこと。変更した箇所を保存せずに電源を切ってしまった。「どうしよう」キャサリンはうめいた。「また、最初からやり直しだわ！」

「なに？」ベティが尋ねた。

「気にしないで」キャサリンはため息をついて首を振った。

それから町まで、ベティはひとりで話し続けた。昼食の席で、キャサリンが料理をもてあそぶばかりだということに、ベティは気づいた。

キャサリンは、マットのことで頭がいっぱいだった。彼がいだいているのはただの欲望で、真剣な愛情でないことはわかっていた。しかも、ラレードの不動産業者のレインのことがある。キャサリンはマットの顔を思いだして、眉をひそめた。〝経験も豊かさ〟と彼は言った。そうでしょうとも。いまだに彼女はマットとベッドをともにしているのだから、経験を積み続けているはずよ。

キャサリンは目を閉じた。彼が別の女性といるところを想像するのは耐えられなかった。彼がデートに出かけるたび、ずっと苦しかった。だが、マットの情熱をその身で体験したいまは、さらにつらさは増すだろう。これからは、彼がなにをしているのか正確に思い描くことができるし、そのたびに、それが心を突き刺すことになるのだ。

もしもレインがマットと結婚することにでもなったら、どうやって耐えればいいのだろう？　キャサリンはいつの間にか涙がこみあげるのを感じ、それにショックを受けた。

「仕事はどうなのときいたのよ、キャサリン？」ベティが話を促した。目に涙をためている娘の顔を見て、眉をひそめる。「いったいどうしたの？」

「プログラムを壊しちゃったの」キャサリンはごまかした。

「マットだって、そんなことで怒鳴ったりはしないでしょう」ベティは娘を慰めた。

泣いているのはそのせいではなかった。救いを求めるように母親を見つめたが、すべてを話すわけにはいかなかった。キャサリンはベティを心から愛していたが、母親が秘密を守ることのできない性格なのはわかっていた。おそらくはアニーあたりについ口を滑らせ、次いでアニーが相手かまわずしゃべってしまうのだ。そうなれば、事態はさらに悪くなる。キャサリンが秘密を打ち明けられるのは、口のかたいマットだけだった。しかし、まさか思い人である本人に、心のたけを打ち明けるわけにはいかない。

　キャサリンはコーヒーを飲みほし、ため息をついた。そして、なんとかその時間をやり過ごした。

　事務所に戻ると、エンジェルがドアの閉まったマットのオフィスを身ぶりで示し、天井を仰いで思わせぶりな警告を発した。

キャサリンはうなずき、そっとドアを開けてオフィスに入った。不機嫌な雰囲気を放っている電話中のマットを気にしながら、そっと自分の机の前に座る。

彼はちらりとキャサリンを見て、相手の話を聞きながらうなずいた。

「わかった。一時間後に空港で会おう。ぼくが彼に話す。もちろん。じゃあ、ハニー」

マットは受話器を置いた。キャサリンはパソコンのスイッチを入れて、USBメモリを挿入した。

「ダラスまで飛ばなければならない」マットが立ちあがりながら言った。「購入しようと思っている牧場のことで問題が起きた。レインの話だと、地主が土地の価格をつりあげようとしているらしい」

彼がそばに来た途端、キャサリンの心臓が飛びはねた。「あなたの不動産業者はラレードの人かと思っていたけれど」鼓動は速かったが、平静を装って言う。

「ラレードの出身さ。でも、ダラスに住んでいる」マットは答えて、彼女を見おろした。

「今日、ハルが戻ってくる」

「そうなの？　よかった」

「ハルとはデートするな」

その言葉にキャサリンは顔を上げた。わけがわからず彼を見つめる。

「聞こえたはずだ」

マットにふざけた様子はなかった。瞳は暗くかげり、表情もかたい。また、見知らぬ他人のようになっている。

「でも……」

マットはキャサリンの腕をとってゆっくりと立ちあがらせ、ふたりのあいだの距離をつめた。

「ハルは、なにかとぼくに張りあってくる。いつもそうだった。ぼくがなにかを欲しがっていると思えば、それを手に入れるためならどんなことでもするだろう」

「でも、ハルのことをそんなふうに感じたことなんてないわ」キャサリンはためらいがちに言った。マットがそばにいるだけで激しい欲望がつのる。彼のシャツに押しあてたてのひらに、力強い鼓動が伝わってきた。「でも、それがあなたとどんな関係があるの。たとえわたしが……」彼女は口ごもった。

「震えているね、キット」唇が触れあいそうな距離で、マットはささやいた。キャサリンの首筋を指でなぞる。「ぼくはもっと、きみを刺激することができるよ」

マットはキャサリンの唇をふさいで舌を絡ませ、両手で彼女の体を撫《な》でた。キャサリンは体を支えるように彼のシャツをつかんだ。

彼の手がキャサリンのヒップに下りた。自分がどれほど高ぶっているかを感じさせようとして、彼女を引き寄せる。マットはその姿勢のまま、混乱している彼女の瞳をのぞきこんだ。

「大丈夫」彼はささやいた。「体が思いを伝えているだけだ」

キャサリンは小さなあえぎ声をもらした。どれほどマットが欲望を感じているかを知って、とまどった。

「大きな瞳だ」マットはほほえみながらつぶやいた。

「いままで男性とこんなふうになったことは……ないの」キャサリンは打ち明けた。

彼がキャサリンの髪を一房とって指で撫でたが、彼女は離れようとはしなかった。突然、ジーンズに包まれた力強い彼の脚に震えが走る。キャサリンは瞳で問いかけた。

「きみを押し倒したい、キット」マットはささやき、熱いまなざしで彼女を見つめた。

「服を脱がせて、唇を……ここに」軽く握ったこぶしが、キャサリンの胸の先端を上下に軽くこすった。

それがかたくなったのを感じたとき、キャサリンは息をのんだ。「マット……」彼女はあえいだ。もうなにも考えられなかったし、理性は残っていなかった。体がうずいてどうすることもできない。

「そうさせてくれるね?」マットは大きく息を吸い、体をあずけている彼女を見おろしながら、その胸を指で優しくまさぐった。

胸の先端を親指で撫でられ、キャサリンは声をあげないように唇を噛《か》み、体をこわばらせて身じろいだ。

マットはキャサリンの顔を見つめてほほえんだ。「ああ、キット。残念だけれど、時間がないんだ。だけど本当は、きみを壁に押しつけて、唇が腫れるほどキスしたい」

キャサリンの唇が無意識に開いた。「壁……？」かすれた声で彼女はささやいた。

彼の瞳の輝きを見て、キャサリンの体は震えた。マットは後ろ向きの彼女を押しやり、ドアの横の壁に押しつけた。

「そうだよ。壁だ」マットは腰と腿をキャサリンの下半身に密着させ、驚きに目をみはる彼女の欲望をさらにあおった。

マットに唇を奪われるたびに、キャサリンの小さなあえぎ声が、彼の唇にのみこまれた。マットの腰が誘惑するように動きだす。いつしかキャサリンも、誘われるままにリズムを刻み、彼の背中に爪を立てていた。

マットが体をこわばらせ、うめき声をあげた。キャサリンは驚き、はっと動きを止めた。「どうにかなりそうだ」マットは彼女の唇のそばで震えながらささやいた。「もう一度、あんなきみの動きを感じたら、このままきみを奪ってしまう」

熱いマットのまなざしが、彼の本気を物語っていた。なにかに耐えるように、彼はキャサリンのヒップを握りしめている。

わずかでも動けば、彼が自制心を失うことがわかったので、キャサリンは身じろぎもしなかった。

マットは深呼吸した。ようやく落ち着きをとり戻し、彼女の首もとに顔をうずめて体の力を抜いた。

「マット」キャサリンは彼の耳もとでささやいた。いつの間にか、彼の首に両腕を回していた。胸に、彼の激しい鼓動が伝わってくる。まだ彼の呼吸は荒かった。男性にとって中途半端な行為がどんなにつらいか、母親から聞いて知っていた彼女は、彼を刺激しないようにじっとしていた。こうなったのは、われを忘れたわたしのせいだ。「マット、ごめんなさい」

「きみはぼくを焼きつくしてしまう」マットは荒い息でささやいた。「危ないところだったよ」

キャサリンは赤くなり、彼にしがみついた。「大丈夫?」

「こんなふうに服を着ていなければ、もっと気分はよかっただろうけれどね」彼女の耳たぶを噛みながらマットは言った。「きみの肌を直接感じたいよ」

キャサリンは欲望をつのらせ、彼の喉もとに顔を強く押しつけた。

「やめてくれ」マットはささやいた。彼女の背中に指を食いこませて壁から引きはがし、密着していた体を離した。

「それなら、こんなふうに感じさせるのをやめて」キャサリンはささやいた。「あなたがわたしをあおるようなことを言うから」

「言葉による愛の行為さ」マットは彼女の耳に息を吹きかけた。「きみに触れずに、ぼくはきみを愛することができる。教えてあげようか。ひとつひとつ、こまかいところまで

……」

「やめて」キャサリンはうめいた。彼から離れようとすると、マットに唇を奪われる。きつく抱きすくめられて、キャサリンはあらがうことも忘れて彼にしがみつき、熱いキスに応じた。どこかで、電話が鳴っていた。誰かの話し声が聞こえ、風が窓をがたがた揺らしている。しかし、キャサリンはマットのにおいと感触しかわからなかった。

しばらくして、彼は唇を離した。その瞳には、キャサリンを自分のものにしたいという思いがあらわだったので、彼女は少したじろいだ。

「きみはぼくのものだ」うるんだ彼女の瞳をのぞきこみ、ささやくような声でマットは言った。「ハルが帰ってきたら、それを思いだすんだ」

ふいにマットが離れてしまったので、キャサリンは椅子の背をつかんで体を支えなければならなかった。

そんな彼女を見つめながらマットはからかうように笑い、わずかに震える指でポケットからたばこをとりだした。

「ひとりで立てないのかい、キット？　ぼくも震えている。きみと愛を交わしたら、どん

なにすばらしいだろうね」

キャサリンはようやく呼吸を整えて言った。「わたしのなにが欲しいの?」

「すべてさ」キャサリンのほっそりした体に視線を這《は》わせながら、マットはつぶやいた。

「レインからはもらえないもの?」キャサリンは怒ったように尋ねた。

マットは唇をすぼめてキャサリンをしげしげと見つめた。「レインはバージンじゃない」彼は言った。

怒りととまどいに、キャサリンは顔を赤らめた。椅子の背もたれ越しに彼を見つめる。

「おあいにくさま」彼女は声を荒らげた。「わたしが彼女の代役をつとめるとは思わないでね」

「それは難しいだろうな」マットも認めた。そして彼女に笑いかける。「レインで思いだしたけれど、もう出かけるよ。彼女が待っている」

「どうぞ、そうしてちょうだい。引きとめたりしないから」

「そうかな。なんだか寂しそうに見えたけれどね」マットはドアへ向かいながら、彼女にぶしつけな視線を送った。「ブランデーをついでから行こうか、ハニー?」いたずらっぽく尋ねる。

「あら、さっきまで、あなたのほうこそ、きつけ薬が必要に見えたけれど」得意げにキャサリンは応じた。

「まあね」マットはたばこを口にくわえ、目をすがめて彼女を見つめた。「愛を交わすときは、断熱材の上にしよう、キット。そうでなければ火事を起こしそうだ」

キャサリンは机から本をとって投げつけようと思ったが、彼女がそれを持ちあげる前に、マットは笑いながらオフィスを出ていってしまった。

6

夕食の時間に、満面に笑みをたたえてハルが姿を現した。

マットは終業前に、ダラスに数日いることになったと事務所に電話をかけてきていた。その伝言を秘書のエンジェルから聞かされ、キャサリンは胸に痛みを覚えた。仕事というより、レインといいたいために、彼は滞在を延ばしたに違いない。

キャサリンは落ち着かない気持でうちに帰った。そんな彼女の気分を明るくしてくれたのが、デイジーとかすみ草の花束を抱えて戻ってきたハルだった。

「きみにプレゼントだよ」にっこり笑ってハルは言った。「空港の花屋にあったんだ。どうしても欲しくなってね」

「まあ、ハル。とってもきれい!」キャサリンは花束を顔に近づけ、すばらしい花の香りをかいだ。

ハルはマットとよく似た笑みを浮かべた。「気に入ってよかった。鋼の瞳の彼はどこだい?」

「マットのことなら、ダラスよ」ダイニングルームへハルを促しながら、ベティが説明した。「数日は戻らないのよね、キャサリン?」

「そうよ」ベティの向かいに座りながらキャサリンは言った。「何日か滞在するみたい」

「へえ」ハルは自分の席につく前に、意味ありげにキャサリンを見た。「いとしのレインとデートか」少し意地悪げにつけ加えて、キャサリンの様子をうかがう。「彼女の噂《うわさ》は聞いたことがある?」

「何度もマットに電話してくるって、エンジェルが言っていたわ」

「それだけじゃないさ」ハルはつぶやいた。「聞いた話だと、彼女は男の扱いを心得ているらしい」

「会ったことがあるの?」キャサリンはきかずにはいられなかった。

「女性に対して、兄貴がどんなに独占欲が強いか知っているだろう」ハルは言った。「ぼくと張りあいたくないんだ。だから紹介されたことはないよ」

「マットと張りあえるつもりなのね、ダーリン」ベティがからかった。

ハルは表情を険しくした。

「いつも長続きしないわ」キャサリンがわざと言った。「マットの恋人のことよ」そう強調する。

「レインとは長続きしているよ」ハルはステーキを口に運びながら言った。「彼女にはそれだけの魅力があるんだろうな。やり手の不動産業者だから、精神力も並じゃない。欲しいものを手に入れるまで、決してあきらめないんだ」彼はキャサリンを見つめた。「彼女の誕生日にマットは薔薇《ばら》の花束を贈っていた。請求書を見たんだ。ぼくみたいに金づかいの荒い人間でも、ひと月は生活できる金額だったよ」

キャサリンは体がこわばるのを感じた。やはりレインとはそういう関係だったのだ。マットがわたしに深入りしようとしないわけがわかった。わたしとは、ただの遊びのつもりなのだ。それなら、わたしだってそうするわ。

「明日、フォートワースまでドライブしないかい?」ハルがキャサリンを誘った。「買おうと思っているスポーツカーのことで、人と会わなきゃならないんだ」

「いいわよ」キャサリンはぶっきらぼうに答えた。

「でも、あなたはマットの競売の仕事をしなければならないんじゃないの?」ベティがためらいがちに口をはさんだ。

「一日ぐらい休んだって平気よ」キャサリンは答えた。「締め切りまでには間に合わせるから心配しないで」そして、ハルに尋ねる。「何時にする?」

ハルは冷ややかにほほえんだ。「九時ごろがいい。一日楽しもうよ」

「ええ、楽しみだわ」キャサリンは言った。

ベティがデザートを食べながら心配そうに娘を見つめた。その視線に耐えられなくなり、キャサリンは自分の部屋に引きあげた。

大きな街であるフォートワースには、キャサリンが気に入っている店がたくさんあった。しかし、ハルは、いとこが買い物を楽しむのを眺めるより、スポーツカーを見ることのほうに、はるかに興味があった。

「時間があるようなら、帰りに途中のショッピングモールに寄るからさ」ハルはそう言って彼女をなだめた。

キャサリンは文句を言わなかった。結局、彼女はハルの用事につきあうために来たのだ。フェラーリの助手席で、彼女はため息をついた。「どうして新車が欲しいの？」一年しか乗っていない車の贅沢《ぜいたく》な革の感触を味わいながら、不思議そうにきく。

「どうしてって、この車を買ったのは去年なんだぜ」一カ月も着続けたスーツを、なぜ着替えようとするのかときかれたような口調でハルは言った。「一流の車に乗りたいんだ」

キャサリンはマットとハルを比較しながら、ハルが運転する姿を黙って見つめた。マットはピックアップトラックを運転することを、少しも気にしていなかった。彼は金持だから人よりすぐれているなどという幻想をいだくこともなく、地に足がついている。もちろん、女性に関してはいろいろ問題があるけれど……。

キャサリンは落ち着きなく身じろぎした。「また、フェラーリを買うの？」

「決まっているだろう」ハルはにっこりした。

キャサリンはため息をついた。「わたしにはとても手が出せないわ」ほほえみながら言う。「なんとかフォルクスワーゲンが買えて、幸運だったくらいよ。マットに配当金をもらえなくなったから、なおさらね」マットにすっかり夢中になっていたせいで、彼の卑劣な仕打ちを忘れていた。だが、ハルにはそれを知られたくなかった。

ハルはカーブを曲がりながら、彼女をちらりと見た。「ぼくだって手が出せない値段だよ。だが、連帯保証人として兄貴のサインがあれば、ぼくは好きなものが買えるのさ」

「マットがサインをしたの?」キャサリンは驚いて目を見開いた。

「そういうわけじゃないよ」ハルは認めた。「けれど、兄貴は知らないんだから傷つくこともないさ」暗い表情で顔をしかめる。「兄貴がいなくては、ぼくにはなにひとつ手に入らない。だからといって、兄貴に頭を下げるのにはうんざりなんだ」

キャサリンにも、ハルの気持がわからないわけではなかった。しかし、ハルが欲しがる高価なスポーツカーの値段と同じお金を稼ぐために、マットがどれほど苦労しているかを考えると、ハルに同情することはできなかった。マットはほとんど休みをとらずに働いているのに、ハルは浪費するばかりだ。

キャサリンはハルに反論しようとして、やめた。レインとともに、楽しい時間を過ごしているマットをかばう気になれなかったからだ。

「どうしてマットの下で仕事をしないの？」キャサリンは優しく尋ねた。「マットは本気でそれを望んでいるわ。だからこそ、あんなにあなたに厳しく接するのよ」

「兄貴の下では仕事をしたくないんだ」ハルはつぶやいた。高速道路に入ると、アクセルを少し強く踏みこんでスピードを上げる。「ぼくはレーサーになりたいんだ。それがぼくの望みなんだ。でも、ぼくがビジネスマンに向いていないことを、兄貴にわからせるなんて不可能だよ」

「マットと話そうとしたことはあるの？」キャサリンは尋ねた。

「マットと話したかって？」声を荒らげ、ハルは道路から目を離してキャサリンをにらみつけた。「兄貴が話を聞こうとしたことがあったかい？ いつだって背中を向けて行ってしまうだけさ」

「どうして、追いかけようとしないの？」

「最後にそうしようとしたとき、兄貴に殴られたからね」ハルはぼやいた。

「家を出ることだってできるわ。そして自活すればいいじゃない」キャサリンはハルを諭した。

「冗談じゃない」一笑にふして、ハルはスポーツカーをさらに駆りたてた。「生活費もないのに、どうやってレーサーになれと言うんだ？」

「ほかの人は、なんとかしているわ」

「ぼくは、ほかの誰かとは違う」ハルは答えた。スピードを落とそうともせずに急カーブを曲がったので、タイヤが悲鳴をあげた。「それに、ぼくの相続分をあきらめるつもりはない。兄貴にやるなんて死んでもいやだ」

「ハル、スピードを落としたほうがいいわ」ダッシュボードにつかまろうとしながら、キャサリンは不安げに言った。そのとき、背後でサイレンの音が鳴り響いた。振り向くと、州警察のパトカーが追いかけてきている。「なんてこと！」キャサリンは叫んだ。「大変なことになったわ」

ハルはバックミラーをのぞいた。「ついてないな」彼はつぶやいた。「連中をまくことができるかもしれない」

キャサリンがなにも言わないうちに、ハルはアクセルを踏みこんだ。

「ハル、止めて！」

キャサリンは叫んだが、ハルはきかなかった。

「やつらにつかまれば、兄貴に連絡がいく。そうなれば、二度と新車が買えなくなってしまう」とげとげしい声でハルは言った。「だから、つかまるわけにはいかないんだ。しっかりつかまっていろよ、ハニー」

ハルは車をUターンさせて州警察のパトカーをやり過ごし、反対方向に走ってスピードを上げた。

キャサリンはこんなに怖い思いをしたのは初めてだった。ふたりとも、マットにどんなひどい仕打ちを受けるかわからない。警察から逃げられるわけがないのだ。

ハルは先の見通せないカーブを曲がった。車体がかしぐ。追跡のパトカーは二台になっている。もちろんこの先には、ほかのパトカーが待ち伏せしているだろう。キャサリンにはそれがわかっていた。こんなにすぐ後ろにパトカーが近づいているのだ。ナンバープレートはとっくにチェックされているだろう。調べればすぐに、ハルが車の持ち主だとわかる。たとえこの場を逃げきったとしても、警察はコマンチ・フラッツにやってきてハルを逮捕するだろう。

彼にそう言おうとして、キャサリンは体をねじった。そのときだった。ハルの顔が凍りつき、その目が大きく見開かれる。

彼は大声で悪態をついた。

注意を促す標識が、突然、視界に飛びこんできた。その下にぽっかりあいた穴を避けるために、ハルはハンドルを切った。車は路肩を越えて盛り土の上に落ち、電柱に激突して止まった。ガラスが砕け、金属が裂けるすさまじい音を、キャサリンは聞いた。

シートベルトを締めていなければ、ふたりとも死んでいただろう。それも、彼女が無理やりハルに締めさせたのだった。とりあえず、ハルがハンドルに顔をぶつけ、大量の鼻血を流しただけですんだ。

キャサリンは無事だった。ダッシュボードにぶつからないように必死に腕を突っ張ったため、手首をひねっただけだ。

「大丈夫かい？」鼻にあてるハンカチを探しながら、ハルが尋ねた。

「たぶんね」キャサリンは弱々しく言った。

いくつものサイレンの音が近くで止まった。何台ものタイヤのきしむ音がそれに重なる。ドアが開き、荒々しく閉められたあとに、ひとりの州警察の警官が現れ、事故車に乗っているふたりをしげしげと見つめてため息をもらした。

「ふたりとも、幸運だったな」警官は言った。「電柱で止まっていなければ、助からなかっただろう。歩けるかね？」

「はい」ハルは鼻にハンカチをあてて言った。

「お嬢さん、大丈夫かい？」警官はキャサリンのほうに顔を向けた。

「大丈夫だと思います」消え入りそうな声でキャサリンは言った。手を動かして顔をしかめる。「手首が……ひねったらしくて」

「じっとしていなさい」警官は優しく声をかけた。「すぐに救急車が来る。救急隊員が適切な処置をしてくれるだろう」

キャサリンは生きていることに感謝しながら、うなずいて座席にもたれた。ハルが警官の質問に答えるために車から出ていってしまうと、彼はこの件をどう説明するつもりだろうと考えた。マットは、弟を許さないだろう。それに、キャサリンのことも。彼女はマットから、ハルとは出かけるなと注意されていたのだから。

もちろん、キャサリンにだって言い分はあった。マットだってレインに会いに出かけたではないか。どんな権利があって、指図しようとするのだろう。だが、あたりの惨状を見回して彼女は思った。マットがハルとつきあうのを禁じたのは、やはり正しかったのかもしれない。

ハルとともにキャサリンは近くの病院に連れていかれ、手首に包帯を巻いてもらった。ただの打ち身だと医者は言い、そのうち痛みは消えると診断した。

ハルはすり傷があり、鼻をぶつけていたが、元気だった。少なくとも、ベティに電話して保釈保証人を見つけてほしいと頼むまでは元気だった。逮捕されたハルは、誰かが保釈請求してくれなければ、七日間は拘置されるのだ。

キャサリンはハルに同情する気にはなれなかった。車で警察本部に連れていかれるあいだも、ハルは運の悪さを嘆くばかりで、自分がしたことを反省する様子はなかった。ハルに腹だたしさを感じながらも、弟がレーサーになるのをマットが認めないことを、キャサリンは不思議に思った。レーサーになりたいというのが、ハルがずっといだいてきた夢だった。けれど、マットは決して耳を貸さなかった。

一時間後、不安げなベティが到着した。母親が巡査部長と話をしているあいだ、調書をとられるのを待つ酔っぱらいや売春婦と並んで、キャサリンは待合室のベンチに座っていた。数分で彼女とハルは解放され、ベティがふたりをうちに連れて帰ることになった。

「あんな場所で、ひとりで待っていなければならなかったなんて、怖かったでしょう」助手席に座っているキャサリンをちらりと見て、ベティがつぶやいた。「かわいそうに」

「平気よ。ぼんやりしていたから」キャサリンは答えた。後部座席を見ると、ハルは眠っている。

「ハルは起きている?」ベティが穏やかに尋ねた。

「いびきをかいて寝ているわ」キャサリンは笑った。「ああ、ふたりともマットにひどく怒られるでしょうね」

「もちろんよ。それに、あなたたちを連れて戻るころには、マットも家に着いているかもしれないわ」ベティが容赦なく言った。「あなたからの電話を切ったすぐあとに、マットから電話があったの」

キャサリンは血の気が引くのを感じた。「マットが戻ってくるの?」

「家で待っていると言っていたわ」ベティは暗闇《くらやみ》を見つめた。「ハルはどうしてあんなむちゃなまねをしたのかしら?」悲しげに尋ねる。

「スピード違反でつかまるのが怖かったからよ」キャサリンは答えた。

「かわりに、無謀運転で逮捕されたわけね」

「そのようね」キャサリンは目を閉じた。マットと顔を合わせると思うと、緊張がつのるばかりだ。彼がどんな顔をしているかは察しがついた。

三人が家へ帰ると、マットはキャサリンが想像していたとおりの顔をしていた。たばこを片手に持ち、玄関ポーチを行ったり来たりしながら彼は待っていた。

キャサリンとハルがゆっくり階段をのぼっていくと、マットが振り返った。亡霊でも見るように、彼の視線がキャサリンに釘《くぎ》づけになった。

「大丈夫なのか?」マットはすかさず尋ねた。キャサリンの体にそそがれた視線は、なにひとつ見逃さない真剣なものだ。

「手首が痛いだけ」キャサリンは答えた。囚人のような気分でハルの隣に立ち、マットが弟に向けた険しい表情に目をみはる。

「おまえは?」マットはそっけなく弟に尋ねた。

「平気さ」ハルは冷ややかに答えた。「車を買いかえようと思って出かけた途中で、不運な事故に見舞われただけだ」

「キャサリンもおまえ自身も、命を落とすところだったんだぞ」マットは鋭いまなざしで言った。

ハルは肩をすくめた。「まあね。彼らにつかまるとは思わなかったんだよ」

「高速道路はサーキットじゃないと何度言ったらわかるんだ!」マットはハルを怒鳴りつ

けた。

「それなら、どうしてレーサーになることを許してくれないんだ！」ハルは怒鳴り返した。

「ぼくにだって、望みどおりに生きる権利はあるはずだ！」

「信託財産を相続したら、そうすればいい」マットは言った。「だがそれまでは、母さんとの約束を守るつもりだ。お前には不動産業の経営を学んでもらう」

「母さんはもう死んだんだよ、兄貴！」

一瞬、マットはハルを凝視した。それからキャサリンのほうを向き、瞳に心配そうな色を浮かべた。「手首はどうなんだ？」

ハルはぶつぶつ言って屋敷のなかへ入り、後ろ手に勢いよくドアを閉めた。

「手首はたいしたことないのよ」キャサリンは言った。気がつくと、いつの間にかマットがすぐそばに立っている。「どうして許してあげないの？」優しく尋ねた。「ハルの言っていることは正しいわ。彼はビジネスマンになんてなれっこないのに」

「きみまでそんなことを」マットは声を荒らげた。「きみが口を出す問題じゃない！」

いつものマットらしくなかった。また見知らぬ他人になってしまった。どうしてそうなってしまうのか突き止めようとして、キャサリンは彼を静かに見つめた。

「お父さまのようになろうとしているの？」キャサリンは尋ねた。「間違ったやり方とあなたのやり方、その中間は存在しないのね。ハルにどんなことをしているのかわからないの？」

「立派な男にしようとしているのさ」たばこを口に運びながら彼は答えた。「きみの妨害が入るにもかかわらずね」

「ハルはわたしの友達よ」キャサリンは言った。「でも、あなたの弟でしょう。彼にそんなふうに無理じいしなければ……マット」

「ぼくだって無理じいされた」マットはキャサリンに思いださせた。「だが、傷ついたりはしなかった」

「そうかしら」キャサリンは彼のいかめしい表情を見つめた。「あなたは甘やかされることもなく、規律と規則で軍隊式に育てられた。お母さまも、ある意味では、お父さまと同じくらい厳しかったから、あなたは優しくされた思い出がない。でも、ハルは違うわ」

「ああ、そうだ」マットは冷笑を見せた。「あいつは、義理の父親を慕っていたから」たばこを吸い終えて、玄関ポーチに投げる。「弟たちは、だな」

「お母さまが再婚したとき、あなたはもう大人になりかけていた」キャサリンは穏やかに先を続けた。

「寄宿学校に入っていたおかげで、ぼくは母が義理の父にまとわりつく姿を目にして耐える必要はなかった」

実の父を崇拝していたマットにとって、母の再婚がどんなものだったか、キャサリンはいままで気づかなかった。彼女はマットの顔を見あげた。彼は愛されたことがないのだ。でも、マットさえ許してくれるなら、わたしは彼を愛することができる。レインを忘れてくれさえすれば……。

「数日はダラスにいなければならないのかと思ったわ」キャサリンは言った。

「そうするつもりだった。問題が解決したわけじゃないからね。だが、ベティと話したあと、すぐに戻ってきたんだ。ハルがきみの命を奪っていないことを、たしかめたかったからね」

その声には怒りがあらわだった。キャサリンは彼から目をそらした。「そんなことにはならなかったわ。レインが寂しがっているんじゃない？」とげとげしい声で言う。

「ぼくだって寂しがっているかもしれない」にやりとして顔を上げ、マットは彼女の瞳を見つめた。「信じられないという顔だね、キャサリン？」

「あなたが寂しがっているとは知らなかったわ」キャサリンは言い返した。

「まあ、たまには女性とつきあったさ」ずうずうしくマットは認めた。「でも、ぼくだって、ベッドのなかだけで生きてきたわけじゃないよ、キット。セックスするより、もっと大切な関係があるんだ」

彼がそんなことを言いだすなんて、キャサリンは夢にも思っていなかった。「いろいろな女性をはべらせているくせに、あなたの言葉なんて信じられないわ」

「きみは、誰とも寝たことはないからね」マットは静かにつぶやいた。

「あら、そういう演技をしているだけかもしれないでしょう」キャサリンは激しく言い返した。

マットの口もとに笑みが広がった。「そうかな？」一歩前に出る。「見破るのは簡単だよ、キット」ビロードのようになめらかな声で言う。「証明してくれと言ったら？」

「あなたとベッドをともにしたりはしないから！」彼をにらみつけてキャサリンは言い返した。

「そんなことは頼んでいないよ」マットは言った。「そわそわしているね、キット。期待に震えているのかい？　ぼくには、きみをひざまずかせて、自分から求めさせることもできる。わかっているね？」

「わたしは、あなたの見当はずれな狩猟本能のためのいけにえじゃないわ」キャサリンは抵抗した。「そんな誘うようなそぶりは、ラレードの不動産業者さんのためにとっておいたら？」

「誘うようなそぶり？」マットは眉をつりあげて繰り返した。「今日はずいぶん舌が回るね。けがをしたのは、手首じゃなくて舌じゃないかい？」

「舌にはなんの問題もないわ」キャサリンは応じた。

「ふつうの使い方をしなかったときは問題なかったね」キャサリンの膝をなえさせてしま

いそうな声でマットは言い、ふたりの舌が絡みあったときの記憶を彼女に呼び起こした。

「もうやすみたいわ」出し抜けにキャサリンは言った。

「ぼくもさ」彼女の体に視線を這《は》わせながら、マットはつぶやいた。「積極的だね、キット?」

「いい加減にして、マット!」

「おやおや、癇癪《かんしゃく》を起こしそうだ」彼はからかった。

キャサリンは背を向けたが、腰をつかまれて彼の腕のなかに抱き寄せられた。マットのコロンの香りに、思わずうっとりする。

「仕事はうまくいっているのかい?」彼女の額のそばで、マットは尋ねた。

「すべて……順調よ」

「よかった。これからまたダラスに戻らなければならない。三日ぐらいは帰れない。帰ってくるまでハルには近づくんじゃないよ」彼は厳しくつけ加えた。「二度と危険なまねをしてはだめだ」

これ以上ハルにつきあうつもりはなかったが、キャサリンはマットの命令口調が気に入らなかった。「わたしはもう大人よ」

「とてもそうは思えないな」マットはキャサリンの頭を抱えるようにして、顔を上げさせた。「戻ってきたら」唇が触れあいそうな距離でささやく。「激しく情熱的な愛を交わそう、キット。ぼくの耳に甘くささやく方法を教えてあげるよ」

キャサリンの胸が早鐘を打った。

突然、髪が床に触れそうなほど後ろに倒された。いたずらっぽく笑うマットの唇が、ゆっくり近づいてくる。バランスの悪い姿勢で支えられながら、キャサリンは彼の体に腕を回した。

するとマットは、体をまっすぐに戻して彼女を引き寄せた。彼の唇を求めて、キャサリンは爪先立ちになった。

「だめだ」マットは穏やかにほほえんだ。「今夜はだめだよ」キャサリンの両腕をつかんでわきに下ろさせ、頬にキスする。「ベッドへ行くんだ、キット。そして、ぼくの夢を見るんだ」

「見ないわ」とまどったような色を瞳に浮かべて、キャサリンはかすれた声でささやいた。

「見るさ」ふたたび、マットはポケットからたばこをとりだした。「きっと、ぼくはきみの夢を見る」

「レインがそばにいるのに？　そんなはずないわ」キャサリンは屋敷のなかへ入ろうとした。

「キット」

キャサリンは振り向き、彼をにらみつけた。「なに？」

「ぼくだって、きみと同じくらい弱いんだ。そう考えたことはないかい？」マットは静かに尋ねた。

キャサリンはどう答えていいかわからず、さっさと屋敷のなかへ入った。彼はからかっているだけなのだ。結局、あわててレインのところへ戻るのだから。洗練された、彼の世界にぴったりの年上の女性のもとへ。少しでもまともな神経があるなら、わたしはそのことを忘れるべきではないのだ。

7

その晩遅く、マットはダラスへ戻った。ハルは兄についてなにも語ろうとはせず、さっさと寝てしまい、翌日も一日ずっと顔を出さなかった。

「ハルが心配だわ」

翌々日、昼休みで家へ帰っていたキャサリンに、コーヒーのおかわりをつぎながらベティはため息をついた。

キャサリンは言った。「マットの仕打ちに落ちこんでいるんだわ」

「かわいそうな、ハル。だけど、マットには誰も逆らえないわ。昔のように、マットに仕返ししようなんていう気にならないといいけれど」ベティは娘にほほえみかけた。「仕事のほうはどう？」

「順調よ」キャサリンはほほえみ返した。「パンフレットをようやく完成させたわ。致命的な間違いをおかしていないかどうか、エンジェルにチェックしてもらっているの。これから新聞用広告とラジオのスポットコマーシャルの原稿を準備するわ。そしてバイヤーに手紙を送るつもり。それから、バーベキューパーティの手配も必要ね」

「ずいぶん大変そうね」ベティが言った。

「そうよ。でもこの仕事をやりとげたら、わたしにも仕事をこなす能力があることを、マットに証明できるわ」キャサリンは答えた。「ハルとわたしに共通しているのは、ふたりとも、マットに好きなように生きる許可をもらえないことね」

「そうね。けれど、ハルに対してとあなたに対してでは、マットがそうする理由が違うわ」ベティが意味ありげに言った。

「どうかしら」キャサリンはコーヒーカップを置いた。「もう仕事に戻らないと。あと一カ月待ってもらえるかどうか、ニューヨークの広告代理店に電話で問いあわせようと思っているの。競売の宣伝をちゃんとやりとげるには、少なくともそのくらいはかかりそうだから」

「席をあけて待っていてくれるかしら?」ベティが尋ねた。

キャサリンは肩をすくめた。「わからないわ」物思いに沈んで答える。「でも、マットがこうと決めたらどうなるか知っているでしょう。だから、とにかく実力を認めさせる必要があるの」

「きっとマットは、ニューヨークに行ってもあなたは幸せになれないと思っているのよ」

「そんなこと、この土地にいてわかるとは思えないわ」いらだったような言葉が、キャサリンの口を突いて出た。「マットは過保護すぎるのよ」

「ええ、そうかもしれないわね」気のない口調で、ベティは言った。

「ニューヨークに行ったら手紙を書くわ」キャサリンはなだめるように母親に言った。

「電話もする。休日には家に帰ってくるから」

「でも、いまと同じというわけにはいかないわ。それに、誰がマットを笑わせるの？　あなた以外じゃだめなのよ。あなたがいないと、彼はまるで別人だわ」

キャサリンはとまどった。マットのなかにときどき現れる冷たい瞳の見知らぬ他人を、キャサリンは長いあいだ不思議に思ってきた。彼はわたしのマットではない。

「行かなくちゃ」キャサリンは母親に言った。「パソコンが待っているのよ。あれを……」

「あれってなんだい？」ハルが戸口に現れた。

「パンフレットよ」キャサリンは明るく答えた。「ご機嫌いかが？」

「よくはないさ。でも、上にひとりでいると息がつまるんだ。なにか食べるものはある？」

「エッグサンドイッチがあるわ」サンドイッチの皿を彼のほうに押しやって、ベティが言った。

「いいね」青いスーツを着たキャサリンを、ハルはちらりと見た。「誰のためのおしゃれだい？」

「ほかの女性たちのためよ」キャサリンは説明した。「みんなこういう格好なの」

「ああ、エンジェルを見たことがあるよ」ハルはため息をついた。「彼女はきれいな人だよね」

キャサリンが探るようなまなざしを送った。「そう思う？」

「よけいな詮索《せんさく》をしないでくれよ」ハルはぶっきらぼうに言った。「ぼくは、彼女の容姿が気に入っただけなんだから」

「あら、わたしはなにも言っていないわよ」

ベティがコーヒーをとりに席を立った。ハルはサンドイッチを自分の皿に置いて、キャサリンを見つめた。

「兄貴はいつも、おとといの晩みたいなキスをするのかい？」ハルが唐突に尋ねた。ショックをあらわにしているキャサリンにうなずいてみせる。「そうさ、見ていたんだ。兄貴はきみを口説こうとしているのかい？」

キャサリンは言葉を探した。「からかっているだけよ」

「そうは見えなかったな」

「でも、そうなのよ。わたしのことで彼になにか言ったりしないでね。それから、ママにもよけいなことを言わないでちょうだい！」彼の目つきにいらだちながら、キャサリンは続けた。

「そんなことはしないよ」ハルは約束した。

ふいにハルがとりすました顔になったので、キャサリンはいぶかった。

「いい天気じゃないか?」ハルは陽気に言った。「ずいぶん気分もよくなったよ。仕事に戻らないのかい?」

「ええ、そうするわ」キャサリンはうわの空で答えた。「じゃあね、ママ!」

「いってらっしゃい」ベティはハルの隣へ来てにっこりした。「頑張りなさい」

「もちろんよ」キャサリンはそう答えながら、ハルの態度が気になって仕方がなかった。マットとのキスを、ハルに知られたことがショックだった。兄をたたきのめす切り札として、その事実をなんとか利用できる方法を見つけないともかぎらない。ハルがなにを考えているのかわからなかった。胸騒ぎを覚えながら、キャサリンは事務所へ戻った。

ニューヨークの広告代理店に電話して、キャサリンは就職の件の確認をした。心配する必要がないことを知り、気が楽になった。ただし、どんな手を使っても、マットが頑固に引きとめようとすることはわかっていた。

わたしがどれほど有能かわかれば、マットの態度が和らぐチャンスもあるだろう。だが、わたしの有能さを証明するためには、あと一カ月はかかる。そのあいだ、マットは自分の望みどおりにするために、あらゆる手段を講じてくるはずだ。最近、示しているような偽りの情熱も含めて……。

彼の情熱にはあらがえないことが、キャサリンにとっていちばん怖かった。しかし、彼にはレインがいるのだ。もてあそばれるだけだと知っていながら、彼のそばにいることはできない。

マットの愛をえられるなら、キャサリンはどんな犠牲も払うつもりだった。彼女が捧《ささ》げる愛情と同じくらい、彼に愛してもらえるのなら。だが、彼のような世慣れた男性が、うぶな田舎娘を愛してくれるはずがなかった。チャンスがないとわかっていることが、とてもつらかった。だからこそ、彼から離れなければならないと強く思うのだ。


翌日、マットは帰ってきた。彼がいないあいだ、キャサリンはハルに観察されていることにいらだっていた。ハルの目つきが気に入らなかった。なにか問題を起こしそうな予感がする。

その夜、マットが帰ってきたとき、みんなは映画のＤＶＤを見ていた。ジャケットを肩にかけたマットは戸口に立ってほほえみ、キャサリンとベティとハルの様子をうかがった。

「家族のだんらんだな」さりげなくマットは言った。「昔のようだ。デートに出かけないのか、ハル？」

「どうして出かける必要があるんだい？」ハルはそう答えて、キャサリンを見つめた。

「ここに、こんなにすばらしい光景があるのに」

マットの顔を見つめていたキャサリンは、弟の言葉を聞いて、彼の表情がこわばるのに気づいた。ベティがにこやかにおかえりなさいと言っても、マットは険しい表情のままにこりともしない。

彼は近くの椅子の背にジャケットを投げると、ソファに座っているハルとキャサリンのあいだに腰かけ、長い脚を組んでたばこに火をつけた。「競売の宣伝の件はどうなっている？」なにげなくキャサリンの後ろに腕を回して、マットが尋ねた。

「順調よ」ハルが兄をにらんでいるのを意識しながら、キャサリンは答えた。「その……今日、パンフレットの原稿を印刷に回したところよ」

「ぼくの許可もなしに？」

「エンジェルがチェックして、大丈夫だと言ってくれたわ」キャサリンは言った。「待っていられなかったの。そうじゃないと、予定どおりにパンフレットが刷りあがらないから」

「事務所に行こう」マットが言った。「印刷される前にチェックしたいんだ」

「いいわ」

「ぼくもついていっていいかい？」ハルがわざとらしく立ちあがって尋ねた。

マットは弟をにらみつけた。「つまらない映画でも見ていたらどうだ？　これは仕事なんだ」

「そうだろうよ」ハルはあざけるように答えた。

マットは顔をしかめた。ベティが不安そうに三人を見つめている。ハルとキャサリンだけが状況を理解していた。そして、彼女だけがハルの次の台詞《せりふ》を恐れていた。

ハルは急に態度を和らげ、ソファに座り直して穏やかに笑った。「いいだろう。だが、あんまり長居しないでくれよ」冗談めかして言う。「キャサリンを十二時までに返してくれ」

マットは目をすがめ、挑戦的な態度を見せた。「なにか言いたいことでもあるのか?」

そう問う声はそっけない。

「ぼくが?」ハルは無邪気にきいた。「まさか」

それ以上兄弟の話を聞く気にならず、ベティはため息をついて映画に意識を戻した。

キャサリンはハルの奇妙な態度が気になったし、事務所でマットとふたりきりになるのだという思いもあって、膝に力が入らなかった。マットをひとりじめできる時間は貴重だ。ハルがその大切な時間を奪うかもしれないと考えると、ひどく恐ろしかった。

「じゃあ、行こう」マットはキャサリンを促して立ちあがり、彼女を先に行かせた。

二人は屋敷の外に出た。

「ハルはなんだかおかしいな」彼は言った。キャサリンの手をとって指を絡ませる。

力強い大きな手の感触に、キャサリンはとろけそうな思いで彼に身を寄せた。「そうね」

「理由を知っているかい？」

知っていたが、とまどいのほうが強く、キャサリンは話せなかった。「ああいう人なのよ」そうごまかす。

「そのうち、とり返しがつかなくなる」ぶっきらぼうにマットが答えた。夜風のせいで顔に髪をまとわりつかせている彼女を見おろす。「きみはずいぶん若く見えるな」

「おびえているの、おじさま？」リンカーンのそばに着いたとき、笑いながらキャサリンは彼を見あげた。

「ぼくと事務所へ行ったら、立場が逆転するよ」マットは誘惑するようにつぶやき、キャサリンの手を強く引っ張って、胸のなかに彼女を迎え入れた。「おびえさせるのは、ぼくのほうになるだろうな、ハニー」

ハルが、どこから見ているかわからない。キャサリンは体を引きはがした。「そうかしら」

突然、彼女が離れてしまったことに、マットはとまどいを見せた。いや、怒っていた。彼女の手を放し、リンカーンの助手席のドアを開けた。そして、なにも言わずに運転席に回って車に乗りこみ、そのまま事務所へ向かった。

事務所は暗かった。彼が明かりをつけて、ずかずかと入っていくあとについて、キャサリンもなかに入った。押し黙っていたマットがふいに振り返り、冷たい瞳でキャサリンを見つめた。

「さて、聞かせてもらおうか」ぶっきらぼうに彼は言った。「さっきは、どうして急にぼくから離れたんだ？」

そんなふうにきかれなければ、キャサリンは自分から真実を打ち明けていただろう。だが、マットの独占欲をあらわにした傲慢《ごうまん》な言い方がかんにさわった。自分は三日もレインと過ごしていたくせに。そう思うと、反抗心がわきあがる。

「わたしが、喜んであなたの胸に身を投げだすとでも思っていたの？」彼をにらみつけてキャサリンは答えた。「レインに不満でもあるの？　それとも、ちょっと目新しいものに手を出しただけ？」

マットは動かなかった。しばらくして、たばこに火をつけてから、キャサリンに目を向けた。「そろそろ、ぼくを信じてくれるだろうと思っていたんだが」

「信頼とは関係のない問題だわ」キャサリンは言い返し、胸の前で腕を組んだ。「期待しすぎよ、マット。わたしはあなたの持ち物じゃないんだから」

「残念だな」穏やかにマットは言った。「ジーンズとＴシャツ姿でさえ、きみはこのうえなく美しい」

キャサリンは赤くなった。彼の言葉を真に受けるなんてどうかしている。彼女はあざけるように笑った。「そうかしら？」

マットもほほえんだが、その目は笑ってはいなかった。「さて、ぼくの牛について考えてくれたことを見てみよう」

キャサリンはパソコンのそばへ行ったが、USBメモリを入れるとき、少し手間どった。ディスプレイに映しだされたのは、印刷屋へ持っていったのとは別のデータだった。最初に、いたずら書きをくわえたものだ。

「いったいなにをたくらんでいるんだ?」パソコンのディスプレイから、キャサリンの赤くなった顔へ視線を移して、マットは叫んだ。「なんてことだ。子供みたいな悪ふざけはしないと信じていたのに! 牛の飼育にどれだけの労力がかかっているかわかっているのか? この牛たちを高く買ってもらおうというんだぞ。ぼくの牛をまじめに買おうという人たちに、こんな……」

「これは印刷屋に持っていったデータとは違うわ」キャサリンは勢いよく席を立った。「マット、聞いて。ただのいたずら書きなのよ」

彼女の訴えを聞いても、マットはそれを信じたわけではなかった。キャサリンに向けられた視線には、非難の色があらわだ。「大人になったと信じていたんだが」彼は静かに言った。「最近のきみの行動は、とてもニューヨークへ行くのは許可できないと思わせることばかりだ」

キャサリンは、彼の言葉をまじめに受けとらなかったことを後悔した。ハルとのデートでマットに疑いをいだかせ、さっき彼から身を引いたことでさらに事態が複雑になり、データをいたずらしたことで、彼の不信感が決定的なものになった。いまさら、どう説明すればいいのだろう。

事故のあった晩のキスを見られていたのだとは言えない。マットがそれを知れば、ハルになにをするかわからないからだ。キャサリンがもっとも恐れていたのは、対立だった。ハルはほかの家族にもキスのことをしゃべるだろう。そうなれば、誘惑したのはマットだと思われてしまう。

「いいだろう」たばこの火を消しながらマットは言った。「エンジェルに見せたものを出してくれ」

キャサリンはさんざん手間どって、やっと正しいデータを見つけた。画面を見るために、マットはキャサリンの肩にもたれかかった。彼がすぐそばにいるので、キャサリンは落ち着かなかった。しかし、気を引きしめてそれを表さないようにした。彼の呼吸が乱れているような気がしたが、マットのような男性がこんなふうにとり乱すわけはない。彼にはレインという恋人がいるのだ。

「これが印刷屋に送った分だね？」マットが尋ねた。

キャサリンは首を巡らせて彼の瞳を見つめた。こんなに間近で、彼を見られるだけでうれしかった。「そうよ」かすれた声で言う。

マットの視線が、キャサリンの瞳、そして唇へと下りて、しばらくそこにとどまった。ふいに体を起こして、背を向ける。「よし。問題ないようだ。うちへ戻ろう」

キャサリンはUSBメモリをとりだして、パソコンのスイッチを切った。そして、不安げに彼に向き直った。「マット、ごめんなさい」

「きみのせいじゃない。ぼくが悪いんだ」無表情にマットは答えた。ちらりと彼女を見る。「軽率なまねをして、きみをおびえさせなければ……」

「わたしが言ったのは、牛のことよ」マットの誤解をとこうとして、キャサリンは訂正した。

「もちろんさ。おいで、ハニー。鍵《かぎ》をかけるよ」

ところが、ふたりがドアに向かおうとした途端、電話が鳴った。

マットが眉をひそめて受話器をとった。「もしもし」表情が凍りつく。

相手の話を聞きながら、マットが不可解な表情で自分を見つめたので、キャサリンは緊張した。この時間に電話をしてくる者がいるとしたら、ひとりだけだ。マットは耳を傾け、なにかつぶやいたあと、不穏な表情で繰り返した。「本当か?」最後には怒鳴りながら、キャサリンに目を向けた。「彼女が? わかった。いいか、そこにいろ!」

マットは受話器をたたきつけ、キャサリンをにらみつけた。

「いったい、なんだったの?」キャサリンの声は弱弱しかった。

「ハルからだ」マットは彼女に背を向けて、乱暴にドアを開けた。「あいつがきみを心配するあまり心臓発作を起こす前に、帰ったほうがいいだろう。あいつになんと言ったんだ、キット？　ぼくがきみを誘惑しようとしているとでも言ったのか？」怒りを抑えられず、問いつめるような声になる。

「マット、話があるの……」

「もういい」彼はキャサリンを遮った。「これ以上ないほど、ハルがはっきりさせてくれたよ」

キャサリンは先に車に乗って、マットが事務所に鍵をかけるのを待った。これほど頼りない思いをするのは初めてだ。ハルがマットを怒らせるようなことを言ったのはたしかだが、その内容がわからない。マットが持っているものをすべて奪ってしまおうというのがハルの復讐《ふくしゅう》であることは、彼女にもわかっていた。だからといって、許せるものではなかった。どんなに小さいとはいえ、マットに愛してもらえるチャンスがあったとしたら、それをハルは奪ったのだ。ハルが憎らしかった。マットは二度とわたしに触れはしないだろう。

キャサリンは必死で涙をこらえた。泣いたからといってどうなるわけでもない。いずれにしろ、マットと結婚できるわけではないのだ。マットにとって、わたしはただの遊び相手なのだから。それを忘れてはならない。マットとのつかの間の情事を受け入れてしまえば、別れるときのつらさは想像もできない。キャサリンは目を閉じて迷いをしめだした。

しばらくして、マットが運転席に乗りこみ、車のエンジンをかけた。「わざわざ面倒を抱えこむようなものだ」屋敷へ戻る途中、彼は静かに言った。

キャサリンは彼のほうに顔を向けた。「どういうこと？」

「わからないのか？」屋敷の正面に車を寄せながらキャサリンを見つめ、マットは冷ややかに笑った。「あいつには強いパートナーが必要だ、キット。あいつにまともな人生を送らせることができるような女性がね。気をつけないと、手遅れになる」

「ハルのこと？」キャサリンはつぶやいた。

「ああ、そうさ」マットは言った。「ぼくにだって目はついている。今夜、あいつがきみのためにぼくにはむかった態度、きみがぼくをはねつけたやり方……。状況をぼくに理解させるためだったんだな。きみがあいつとフォートワースへ行ったときに、気づくべきだったよ。あいつへの気持を、どうして最初に話してくれなかったんだ？」鋭い口調でマットは非難した。

「でも、マット！」キャサリンは抵抗した。

「もういい」彼は言った。「終わったことを騒ぎたてるのはいやなんだ。誰かの身がわりとして利用されるのと同じくらいにね」

「そんなこと！」キャサリンは叫んだ。

「もう、どうでもいいことだ。これで終わった」マットは車を止めて彼女に顔を向けた。「出てくれ」ほほえんで続ける。「レインに電話をしたいんだ。邪魔をしないでくれ」

キャサリンはマットを誰かの身がわりにしたことはなかった。彼を愛している。だが彼女は、マットのほほえみの意味を知っていた。それは、もうなにも聞くつもりはないというしるしだ。マットは、わたしがハルを愛していると誤解しているのだ。もちろんそう仕向けたのは、ハル自身だ。しかし、マットはあまり落胆した様子はなかった。少しばかり虚栄心を傷つけられたようではあったが。そんなことより、レインの声を聞きたいとあせっている。彼女とは三日も一緒にいたくせに、信じられない！

「わかったわ」キャサリンは答えた。最後にもう一度、彼の顔を傷ついた瞳で見つめる。「おやすみなさい」

「ああ、キット」マットは平静な声で応じた。

彼に涙を見られないように気をつけながら、キャサリンはひとりで屋敷へ戻った。

ハルが玄関ホールで彼女を出迎えた。「おかえり」にやにやしている。「楽しかった？」

手加減せずに、キャサリンはハルの顔をひっぱたいた。

「許さないわ」キャサリンは震える声でささやいた。「いい加減にしてちょうだい、ハル！」

ハルは赤く腫《は》れた頬を押さえ、彼女の傷ついた瞳を見て表情を曇らせた。「キャサリン?」

「あなたも同じ目に遭うといいわ」キャサリンは言った。「いつか、あなたも傷つけられる側に回ればいい。あなたなんて、これまでずっと人を傷つけ、わがままを通してきただけじゃない。あなたは、ただの甘ったれた子供だわ！」

ハルは目を見開いた。キャサリンはいつも彼の味方だった。自分をなじるこんな彼女を、ハルは知らなかった。

「でも、キャサリン……」ハルは口を開きかけた。

「ほっといて！」彼を払いのけ、キャサリンは自分の部屋へと続く階段を駆けのぼった。母親が近くにいなくてよかった。なにかきかれても、なにも答えられそうになかった。

ハルの行動をのろい、キャサリンは息が切れるまで彼をののしった。マットのことさえ憎かった。真実を話そうとしたのに、耳を貸そうともしなかった。

いいわ。必ず自立を勝ちとってみせる。わたしを無視しようとしても、そう簡単にはいかないわよ。キャサリンは、マットがどれほどのものを失ったのか、彼に見せつけるつもりだった。そしてまた、ハルにも必ず仕返しすることを決めた。それらを心にかたく誓うと、ようやく彼女は眠ることができた。

8

キャサリンにとっては、いままでの人生でもっとも長い晩だった。その夜は、マットに映画に連れていってもらったときの夢を見た。彼の腕のなかで感じた甘いうずき、唇を奪われたときの彼の唇の巧みな動きが鮮明によみがえった。もう、ひどく昔のことのように思える。ふたりの新しい関係は終わったのだと、マットに告げられたようなものだった。すべてハルのせいだと彼女は思ったが、子供じみた反発心で、マットの言葉を真剣にとらえなかった自分にも非があったのだと考え直した。

マットのなかにも、真剣な気持があったのかもしれない。昨夜、ハルがあの電話をかけてきたとき、マットはひどく打ちのめされていたように見えた。彼もわたしになにか感じていたのだとしたら？　それなのに、自分の手でそれを壊してしまったのだとしたら？

その考えが、キャサリンを苦しめた。マットがなにかを感じてくれていたのなら、それをよみがえらせることは可能だろうか？　レインと闘って彼を勝ちとることができるだろうか？

キャサリンはベッドから出た。身支度を整えながら考える。きっと、まだ間に合う。キャサリンは心を入れかえるつもりだった。もう、幼い子供のように癇癪《かんしゃく》を起こしたりはしない。とまどって口ごもったりしない。生まれかわった自分に、みんなは注目するだろう。だがまずは、ハルのことだ。昨夜の仕打ちをどう思っているか、彼に思い知らせなければ。

階下へ下りていったのは、朝も遅い時間だったが、おかしなことに家族はまだ朝食の席にいた。キャサリンがダイニングルームに入っていくと、いつもならわざとらしく口笛を吹くハルが、今朝はおとなしくきまじめな顔で座っている。

「おはよう」キャサリンの表情を探りながら、ハルが言った。

「おはようございます、ハルバート」記憶にあるかぎり初めて、キャサリンは愛称ではない彼の名前を口にした。ハルにほほえみかける一方、マットには冷たいまなざしで挨拶《あいさつ》をする。

ハルはいぶかしげに眉をひそめた。

「おはよう、キット」ジーンズをはいたマットは、ゆったりと椅子の背にもたれ、いつものからかうようなほほえみをたたえた。どう見ても不機嫌そうでも悔しそうでもない。

「ぼくたちは喧嘩《けんか》をしていたかな?」

「それは、昨晩、もうすませたよね」ハルはつぶやき、自分の頬に手をあてておずおずとほほえんだ。「すっかりやられたよ」

「痛かった？」後悔しているふりをしてキャサリンは言った。「かわいそうに、ダーリン」

ハルは卵料理をフォークでつつきながら、顔を真っ赤にした。いつもどおり落ち着いて見えるマットの様子を、そわそわしながらうかがっている。ベティが、わけがわからないというように首を振った。

「なにが痛かったんだい？」愛想よくマットは尋ねて、コーヒーを飲んだ。

「昨日、わたしが彼を誘惑したのよ。それだけ」キャサリンは意地悪く告げた。「彼は童貞だって知っていた？」

マットはコーヒーにむせた。ハルは両手に顔をうずめ、ベティは石のようにかたまって娘を見つめる。

「まあ、大変」マットが咳《せ》きこむのを見て、キャサリンはくすりと笑った。「あなたの年になると、コーヒーはもう胃が受けつけないみたい」

マットはキャサリンをじろりとにらんだ。「今朝のきみに、なにが起こったんだい？」

「愛よ」夢見る表情でハルを見つめて、キャサリンはため息をついた。「ハル、ダーリン。わたしたち、いつ結婚するの？」

ハルの顔が引きつった。その顔が青くなり、赤くなり、それから紫色にかわった。「結婚？」

「ええ、あなたを大切に思っているんですもの、ダーリン」意地悪くキャサリンはつけ加えた。「結婚してちょうだい」

「できないよ」ハルは声を荒らげた。「それに、お願いだから、誘惑の話は勘弁してくれよ」

「自分が悩まされるのはいやなの？」瞳をぎらつかせながら、キャサリンはしつこく言った。「受け身の側に回るのは、いい気分じゃないから？」

「ふん！」ハルはまっすぐ座り直し、キャサリンを指さして叫んだ。「そうか、そういうつもりか！　仕返しのつもりなんだな！」

「あら、あなた、わたしになにかしたの？」唇をすぼめ、キャサリンはまつげをしばたたかせた。「結婚を拒絶する以外に、という意味だけれど」

ハルはナプキンを投げつけた。「もう行くよ。仕事があるんだ」この爆弾発言への兄の反応を見きわめようとして、マットをちらりと見る。兄のとまどった顔ににやりとしてから、彼は席を立った。「今朝早く、昔の友達に電話したんだ。仕事をさせてほしいとね。兄貴、怒鳴りたいなら遠慮なくどうぞ。でも、ぼくはダン・キーオウのところへ行くよ。彼はレーシングチームを持っているんだ。メカニックとして使ってもいいと言ってくれたよ。まずは最低賃金で働くことになるけれどね」

マットは眉をひそめた。「おまえが？　最低賃金で働くというのか？」

ハルは誇らしげに胸を張った。「楽しめる仕事なら、きつくたって平気さ。車を修理するのは、昔から好きだったんだ。いくら兄貴が母さんと約束したからといっても、ぼくは不動産屋には向いていないよ。母さんは死んだ。でも、ぼくにはこれからの人生がある。自分のやり方でやらせてもらうさ。もちろん、援助してもらおうとは思っていないよ」話に耳を傾けているキャサリンを、ちらりと見る。「きみは正しかったよ、キャサリン」ハルは優しく言った。「ぼくはわがままな甘ったれた子供だった。でも、人間はかわれるんだ。見ていてくれ。用があったら修理工場にいるから。じゃあ、行くよ」

手を上げて別れの挨拶をすませると、ハルは戸口へ向かった。マットは弟の背中を目で追いながら呆然《ぼうぜん》としている。

「驚いたな」たばこをとりだして、マットはつぶやいた。「奇跡だ！」

「ハルが働くなんて」ベティがそれを受けた。ナプキンを目にあてる。「なんだか泣けてくるわ」

「だからって、まだ安心できないわ」キャサリンは言った。「彼を支えるためにも、わたしは彼と結婚しなくちゃ」

「ねえ、まさか本当に……」ベティは娘の顔をまじまじと見つめた。

マットも油断のない視線を向ける。

「秘密よ」キャサリンは気どって答え、席を立った。「午前中には、広告関係の準備が整うから、バーベキューパーティのケータリング業者を手配することにするわ」マットをちらりと見る。「昨年使った業者を手配できるかしら?」

「ああ」マットは答えた。

「じゃあ、そこに頼むわ。それから、昼休みに一時間ほど外へ出たいの」キャサリンはつけ加えた。「ちょっと買い物があるから」

「勝手にどうぞ」マットはキャサリンを不思議そうに見つめて、つぶやいた。

キャサリンはにっこりした。いいわ。彼に考えさせるのよ。彼女は攻撃を開始しようとしていた。もちろん標的はマットだ。「じゃあ、あとでね」

「あの子はハルを誘惑したりしていないわよね?」ベティが心配そうにきいた。

「もちろん、していませんよ」マットはうなずいた。そう言いながら、部屋を出ていくキャサリンを、少し不安そうに眺めた。


マットがオフィスに入ってきたとき、キャサリンはパソコンの前で小さくハミングしていた。気を引きしめるのよ。キャサリンは自分に言い聞かせた。彼が隣にやってきたが、顔を赤らめないように注意する。「もうすぐ終わるわ」彼女は満面の笑顔で言った。「エンジェルの話では、パンフレットを印刷する前に、レイアウトをあなたに見てほしいと印刷屋さんが言っていたそうよ」

「これから行くところさ」マットは言った。ジーンズのポケットに両手を突っこみ、キャサリンを見おろしたが、彼女の瞳は陰になっていて表情が読めない。「ハルと寝たわけじゃないんだろう?」

キャサリンは誘惑するような視線を彼に向けた。「どうかしら」暗さを増すマットの瞳にほほえみ、かすれた声で答えた。

マットはなにか言おうとしたが黙りこみ、オフィスから出ていってドアを勢いよく閉めた。キャサリンは満足の笑みをもらした。

昼休みに町まで出かけ、キャサリンはヘアサロンに入った。二十分後、大きな緑色の瞳とふっくらした唇を強調するウェーブのかかったショートヘアで、彼女は日差しのなかに出た。生まれかわった気分で、にっこりする。次にデパートへ行き、襟ぐりのあいた薄手のブラウスやフレアスカートを数枚、体の線を際だたせるドレス数着と、ダークグリーンのオフショルダーのイブニングドレスを手に入れた。そして、爪先があいたかかとの高いパンプスにサンダルを数足、流行のイヤリングもいくつか買った。

仕事に戻る前に、キャサリンは新しく買った服に着替えた。彼女が選んだのは、襟ぐりがあいたパフスリーブの白いブラウスに、青いスカートだった。それから初めて赤い口紅を塗り、アイメイクも施して、大きく華やかな青いイヤリングをつけた。まるで『ヴォーグ』のモデルのような自分の姿を鏡のなかに見つけて、キャサリンは目をみはった。

昼食から戻ったマットは、日に焼けた顔に驚きの表情を浮かべた。オフィスの戸口でたたずみ、キャサリンをじっと見つめる。それはエンジェルやほかの女子社員が見せたのと同じ反応だったが、彼のほうが自分をとり戻すのに時間がかかった。

「どう？」挑発的な笑顔を向け、かすれた声でキャサリンは尋ねた。「気に入った？」

「いったいなにを考えているんだ。そんな格好で仕事に来るなんて」マットはぶっきらぼうに言った。ドアを閉めてたばこをとりだす。

「たばこの吸いすぎよ、ダーリン」キャサリンはささやいた。席を立って彼のそばへ行き、香水の香りを振りまきながら、彼の指からたばこをとりあげる。その一方で、彼女はマットの反応が怖かった。

「キット」彼はぼそりと言った。その視線が、キャサリンの胸の谷間に落ちる。

「どうかしたの、カウボーイさん？」ぼんやりしている彼の瞳をのぞきこんで、キャサリンが尋ねた。「気になる？」

「もちろんだよ！」マットはうなった。キャサリンの腰をとらえて抱き寄せる。「なぜだ？」

「なにが？」口もとをゆるめ、胸に釘《くぎ》づけになっている彼の瞳を見つめながら、キャサリンは尋ねた。

「その髪と新しい服」マットは言った。「ハルのためかい？　それなら、夜は部屋のドアに鍵《かぎ》をかけておいたほうがいい。違った蠅《はえ》をつかまえることになるかもしれないよ、雌蜘蛛《ぐも》さん」

「あなたはつかまえられなかったわ」キャサリンはささやいた。「あなたにはレインがいるものね？」

マットの呼吸が浅くなった。柔らかな肌を薄いブラウス越しに感じながら、キャサリンのわき腹をなぞる。「キット……」

キャサリンは首をのけぞらせ、半ば瞳を閉じた。マットの首に手を回して指を組みあわせ、軽く体を左右に揺らした。「どう？」

「火だ」マットは荒い息でささやいた。「そう、火だよ。きみの体はきみが思っているよりずっと燃えやすいんだ」

「それなら、燃やして」彼の口もとでキャサリンはささやき返した。胸の鼓動が速い。たくましい体の感触に包まれ、彼女の膝から力が抜けた。「燃やしてちょうだい、マシュー」

「ああ、なんてことだ……！」マットは歯ぎしりした。そして、キャサリンの唇に唇を重ねる。穏やかなキスだったが、ふたりの欲望をつのらせるには充分だった。

何度かマットと触れあっているというのに、かつて経験したことのない興奮を覚え、彼女は息をのんだ。マットの下半身の高まりを感じておののき、デニムのシャツに包まれた彼の背中にすがりつく。

「唇を開いて」キャサリンを抱く腕に力をこめながら、マットはかすれた声でささやいた。彼女がそれにしたがうと、マットの舌が口のなかに忍びこんだ。魔法をかけられたようにぼんやりしたまま、キャサリンは目を閉じた。熱くなった体を押しつけられるのを感じ、彼女の胸に欲望の炎が燃えあがった。

キャサリンはマットにしがみつき、彼の唇を軽く噛《か》んで、慎みを忘れて自ら舌を絡ませた。キャサリンが思わずあえぎ声をもらすと、マットは唇を離して彼女を見た。

「そんな声を聞いたのは初めてだよ」ふたたび彼女の唇にかすめるようなキスをして、マットはささやいた。「そんな声を出すほど熱くなったことはないのかい?」

「なに?」キャサリンは考えようとしたが、それだけ言うのがやっとだった。

「いま、きみが出した甘い声のことさ」マットは答えた。「女性は男と愛を交わして夢中になると、そういう声を出すんだ。それに、ここをこうしても……」

キャサリンの胸の先端に、彼の指が優しく触れた。すると、彼女の口から同じ声がもれる。

熱に浮かされたような瞳で、キャサリンは彼を見あげた。ふたりを隔てるお互いの服が邪魔だった。このままどこかに横たわり、彼の肌に触れたい。そして、彼に触れてほしい。

「だめだよ」マットはキャサリンの瞳をのぞきこみ、そこに彼女の思いを読みとって、穏やかに笑いかけた。「ここではだめだ。誰かに見られたくないだろう?」

「誰かに見られる？」彼の指に呼び起こされる官能の波にもまれながら、キャサリンはぼんやりとつぶやいた。「マット……」

　マットは彼女の鼻の頭に軽くキスした。「きみが望むのは、こういうことかい？」静かに尋ね、彼女の頭を優しく自分の肩に引き寄せて、ブラウスのV字にくれた襟ぐりからなかに指を滑りこませる。マットはそれを目で追いながら、なめらかなキャサリンの肌を指でなぞった。

「もっと、下よ……」彼に熱をあおられたキャサリンは、慎みを忘れてささやいた。

　マットの息も彼女と同じくらい乱れていた。彼はキャサリンの瞳をのぞきこんだ。「ここかい？」

　彼の指が、かたくなった胸の先端を目指してくるのをキャサリンは感じた。とらえられた瞬間、彼女は体を震わせてあえぎ声をあげた。

　官能の高まりに達したキャサリンの顔を、マットは見つめた。胸のふくらみをてのひらに包み、体を押しつける。彼女はマットにしがみついて、声をあげないように唇を噛んだ。

「キット」マットがささやいた。ゆっくりと彼女の唇をふさぎ、徐々にキスを深めていく。柔らかな胸を包む手に力がこもり、キスの合間にもれる彼女のあえぎ声に、たくましい体がこわばった。マットはあいた手を彼女の背中に這《は》わせてヒップまでたどり、強く引き寄せた。

ふたりはむさぼるようなキスを交わした。ゆっくりしたリズムで、マットが彼女に欲望のサインを送る。すると、キャサリンは力の入らない腕を伸ばして彼にしがみついた。

マットの体が震えた。キャサリンはさらに強く抱きしめられるのを感じた。彼女自身も震えていた。いままで意識しなかった場所がうずいている。この苦しいほどのうずきをおさめてくれるなにかを求めて、彼女は小さな声をもらした。

「だめだ！」マットはキャサリンの腕をとらえ、彼女を押しやった。「だめだ……」かすれた声で彼は言った。満たされぬ思いに体が小刻みに震え、暗くかげる瞳が険しくなる。

「マット？」キャサリンは赤く腫《は》れた唇を開き、ぼんやりと両腕を持ちあげていた。

マットがうめき声をあげ、彼女に背中を向けて、両手を机に押しつけて体をそらした。

「ウイスキーを持ってきてくれ、キット」ひどく苦しそうな声で彼は言った。

キャサリンは一瞬たじろいだが、なんとかふらつく足でバーコーナーに行き、ショットグラスにウイスキーをついだ。手が震えて少しこぼしてしまい、衝動的にひと口すすった。喉に焼けつくような熱さを感じたが、おかげで落ち着いたような気がする。

グラスをマットに持っていくと、彼は受けとってくれなかった。机に置かれた彼の両手のあいだに、キャサリンはグラスを置いた。

マットの荒い息づかいを聞き、キャサリンはようやく彼になにが起こったのかに気づいた。当然、それは自分のせいだ。

「ごめんなさい」真っ赤な顔で、キャサリンはささやいた。

マットは体を起こし、ショットグラスを手にとって一気にウイスキーを飲みほした。顔色は悪く、その表情は怒っているかのようにこわばっている。たっぷり一分はたったころ、彼はキャサリンのほうを向いた。

「死ぬわけじゃない」不安そうな彼女に、マットは言った。「きみのせいで冷静でいられなくなるだけだ。前にも見ただろう？」

「ええ。でも、こんなにひどくなかったわ」キャサリンは彼の胸が震えているのに気づいた。

「ハルもかい？」マットはとげとげしい声で笑った。「かわいそうな弟だ」

「ハルとでは、こんなふうに感じないわ」キャサリンはうっかり口を滑らせ、問題をこじらせた。

「欲望を感じない愛かい？」マットはひやかした。たばこをとりだして火をつける。「これからは、きみの誘惑ごっこは、ハルだけにしておいてくれ、キット。ぼくに近寄るな。いいな？　ごらんのとおり、ぼくは誘惑に弱いんだ」

マットがそれを認めたくないことは、キャサリンにもわかった。「わたしだってそうよ」彼女は言った。「あなただけじゃないわ」

「わかっているさ。でもぼくは、ハルと同じように結婚する気はない」マットは冷たく言い放った。「けれど、古い人間だからね。愛を交わすことにでもなれば、きみと結婚するはめになる。だから、ふたりにとって悲しい結末を迎えることのないよう、誘惑するならほかをあたってくれ」

「ほかではもう、成功したと思っていたんじゃないの？」キャサリンは探りを入れた。

マットは上気したキャサリンの表情を見つめた。「キット、ぼくには経験がある。だから相手に経験があればわかるさ。きみはまだなにも経験していない。ぼくの言ったような意味ではね」

「あなたくらい経験豊富であれば、見ただけでわかるものなの？」キャサリンはしつこくきいた。

「経験のある人間なら、もう少し上手に欲望をコントロールできる」マットの口調はきつかった。

キャサリンは眉をつりあげた。「あなたも経験がないのかしら？　あなただって、そんなにコントロールできていたとは言えないようだったけれど」

マットは大きく息を吸った。「キャサリン！」

彼女は余裕の笑顔を見せた。レインは、マットが必要としているものすべてを与えているわけではないらしい。そうでなければ、彼があんなに夢中になるはずがない。キャサリンは希望を感じた。

「次は、もっと気をつけるわ、ダーリン」彼女はささやいた。「さて、仕事に戻らなきゃ」

マットは明らかに返事に困っていた。キャサリンがパソコンの前に座り、さっきまでの仕事の続きを始めても、彼はたばこをふかしていた。

キャサリンはちゃめっけたっぷりににっこりした。「気分はよくなった?」小さな声で尋ねる。

「まだ、そうでもないよ」マットは答えた。「きみはそれで大人になったつもりかい?」

「あなたとわたしの知るかぎり、そうなんじゃないかしら?」意味ありげにキャサリンは彼を見た。「これで、わたしがニューヨークでやっていけることがわかったでしょう? まだだめなら、バーベキューパーティまでには証明してみせるわ」

マットの表情がかげった。「どうやって? ハルとぼくの両方を誘惑する気かい?」

「ハルはわたしに誘惑されたりしないわ」キャサリンはため息をついて、マットを見あげた。「でも、あなたなら」

マットは彼女を見てほほえんだ。「それはどうかな」

「気をつけてね」キャサリンが穏やかに警告した。「わたしは危ないわよ」

マットはからのグラスを掲げた。「そのようだな。でも、きみも覚えておいたほうがいいことがある」

「なに?」

マットはグラスを置いて彼女の上にかがみこみ、豊かなコロンの香りで包みこんだ。

「ぼくだって危険だってことさ」彼はキスでキャサリンの唇をふさいだが、彼女が甘い歓《よろこ》びを感じる前に離れ、ウインクをしてオフィスから出ていった。

9

ベティは娘の変身を見てとても喜び、その夜、キャサリンが家へ帰ってからずっと、その話ばかりしていた。

「まるで別人ね、ダーリン」娘にほほえみかけて、ベティは感嘆の声をあげた。

「大人になったのよ」キャサリンは母親の柔らかな頬にキスした。

「そうでもないさ」書斎へ向かってふたりのそばを足早に通りすぎながら、マットがつぶやいた。

「マシュー！」キャサリンは彼の背中をじろりとにらんだ。

「前にきみがそういう呼び方をしたときのことは覚えているよ」マットは振り向いてにやりとした。「きみは？」

キャサリンも忘れていなかった。娘の頬が赤く染まったのを見て、母親はいぶかしげに眉を上げた。

「このあたりでは、いったいなにが起きているのかしら」ベティはため息をついた。

正面玄関のドアが開き、服をしみだらけにして薄汚れたハルが入ってきた。「ただいま！」

「おかえりなさい！」キャサリンが応じた。「もう牧師さまを呼んでいいかしら？ それとも、先に顔を洗ってくる？」

ハルは彼女を見つめた。「キャサリン……」

「わたしには、あなたを正直な男性にするという義務があるのよ」キャサリンが言った。「でも、バーベキューパーティが終わるまでは、それも無理ね。そうしなければ、マットはわたしたちのことを許してくれないでしょうし」

「そのとおりだ」マットが大声をあげた。

「だけど、わたしがニューヨークへ行く前でなければだめだわ」考えるように眉をひそめて、キャサリンは続けた。

「ニューヨークのことは忘れろ」マットが叫んだ。「あそこには厄介者がごまんといるんだ」

「忘れるつもりはないわ」キャサリンは答えた。「あなたのために仕事をしているのも、自分の面倒は自分で見られることを証明するためですもの」

「証明は、まだすんでいないよ」

キャサリンは視線でマットを書斎に促した。「邪魔をするのはやめてくださらない。わたしたちは結婚の日どりを決めなければならないんだから」

「わかった、ハニー。ぼくがきみの付添人になるよ」マットが約束した。

ベティが声をたてて笑い、笑っていいのか泣いていいのか決めかねているようなハルにウインクした。

「ピンクのドレスを着てくれるの、マット？」キャサリンがからかった。

「きみがハルと結婚するなら、そうするさ」

ハルは笑いを噛《か》み殺そうとしたがうまくいかなかった。「ねえ、キャサリン。兄貴がピンクのドレスを着ているところを見られるなら、自由を手放すのも悪くないね」

「ハル、それを聞いてすごくうれしいわ」キャサリンはほほえんだ。「それで、日どりはいつにする？」

「きみの五十六歳の誕生日に。約束だ」ハルは誓うように片手を胸の上に置いた。

「そうね」彼の申し出をじっくり考えるふりをして、キャサリンは答えた。

ハルがキャサリンのそばに寄り、その額に兄のようなキスを与えた。「許してくれよ」彼は静かに言った。「反省したんだ。謝ってすむかどうかわからないけれど、すまなかった」

キャサリンは考え深げに彼の瞳をのぞきこんだ。「いまさら遅いわ」

「そう思うかい？」わざとらしく兄のほうを見ながら、ハルはつぶやいた。「どうかな」

「どちらにしても」キャサリンは話題をかえた。「いまは、あなたと結婚している時間はないわ、ハル。すごく忙しくなりそうだから。マット、ケータリング業者を手配したわ。郵送用の招待状も用意したのよ。エンジェルとふたりで、あしたから発送作業にかかるわね」

「わかったよ、ハニー」マットが答えた。

「着替えてくるよ」ハルが言った。

「アニーが、夕食の支度を終えて待っているわ」ベティが言った。「急いでちょうだい」

ハルが二階へ上がったとき、玄関のドアベルが鳴った。ベティがドアを開けると、ジェリーとバリーが入ってきた。

「こんばんは」バリーがほほえんで言った。「お知らせがあるの」

「すごいニュースだよ」ジェリーは赤毛の妻ににっこりしてうなずいた。

「まじめな話のようね」キャサリンはふたりを見つめて言った。「家族が増えるの？」

「そうなのよ！」バリーは胸の前で両手を組みあわせた。「どきどきしちゃうわ。ずいぶん待たされたもの。ジェリーがようやくいいと言ってくれて……キャサリン、まあ、すごい変身ぶりね！ すてきな髪！」

「ありがとう」キャサリンはとりすまして答えた。「それより、続きを聞かせて。予定日はいつ？」

「明日なの」バリーが夢見るように言った。

キャサリンは目を見開いてバリーの平らなおなかを見つめた。「明日って？」

「明日ですって？」ベティが同じように驚いた顔で繰り返した。みんなの視線に気づいて、バリーは眉をひそめた。「違うわよ！」大きな声をあげる。

「牛の話よ！」

キャサリンは背中を向けて首を振った。「信じられないわ。興奮してニュースだって言うから、赤ちゃんだと思ったら、牛の話ですって！」

「赤ん坊のことだったら、バリーはこんなに興奮しないよ」ジェリーがため息をついて、小柄な妻に腕を回した。「だけど、バリーは牛を愛しているんだ。サンタ・ガートルーディスの純血種を少しまとめて手に入れられることになった」

「サンタ・ガートルーディスだって！」マットがそばにやってきた。「おい、サンタ・ガートルーディス種を、ぼくのヘレフォード種の隣で育てようっていうのか！」

「ねえ、マット」バリーがすばやく言った。「ちゃんとした柵《さく》をつくるわ」

「二メートル近い柵を越えられる雄牛を見たことがあるよ」マットが応じた。「ぼくの牛をほかの種とまぜられては困る。きみはぼくの種つけのプログラムを台なしにすることになるんだぞ！」

「だから、言っただろう」ジェリーはうめいた。

バリーは青い瞳をきらめかせ、マットにほほえみかけた。「ねえマット、うちの牛はあなたの牛たちには近寄らないわ。十キロほど離れたところに場所を借りてあるの」

「なんだって?」ジェリーが尋ねた。

「借りたのよ」バリーはすまして言った。「ずいぶん待たされたって言ったでしょう。ちゃんと準備を整えていたのよ。ジャック・ホルストンが低地を貸してくれるの」

「低地か」マットがため息をついた。「最初の鉄砲水で、きみの投資は全部持っていかれるぞ」

「近くに高台もあるわ」バリーは言った。「うまくいくわよ。興奮しちゃう！　わたしの牛の群れ！」

「群れというほどじゃない」ジェリーがくすくす笑った。「六頭の雌牛に雄牛が一頭だけだ」

「始まったばかりよ」バリーが答えた。そして、はっとしたように鼻をうごめかす。「ステーキ！　それにマッシュポテト。もう夕食の時間ね?　料理はたっぷりある?　すごくおなかがへっているの！」

「いつもどおりですよ」テーブルに皿を運んでいたアニーが、すかさず口をはさんだ。

「たっぷりありますとも。裏庭に捨てる前に、早くいらしてくださいな」

その後は、バリーの牛の話題で持ちきりだった。ハルでさえ彼女の話に興奮しているようだった。

ハルは自分の仕事について語った。「キーオウは、よくやったって言ってくれた。土曜日にコースに出てタイムをとってみてもいいって。待ちきれないよ。もう大丈夫。これからはちゃんと自分自身を見つめて生きていくよ」ハルは興奮していた。ほほえみを浮かべ、キャサリンを見る。

「わたしに色目を使わないで」キャサリンは不機嫌に言った。「一度、あなたを誘惑したことがあるからって、これからもそうだとは思わないでね」

「人前で、ぼくのことを誘惑したなんて言うのはよせよ」バリーとジェリーの視線を感じて、ハルは叫んだ。「ぼくを誘惑したことなんかないじゃないか！」

「あなたがマットにそう言ったんでしょう」マットがダラスから戻った夜、事務所にかかってきた電話のことを思いだして、キャサリンは言った。ハルにかまをかけたのだ。

「冗談じゃないか」ハルは長兄をちらりと見てからつぶやいた。「ちょっとしたいたずらのつもりだったんだ。裏目に出たのは認めるけどね。仕返しのつもりだった。でも結局、ぼく自身にはね返ってきた。降参だよ、キャサリン」

「そんなことを言わなくてもいいのよ」沈んだ声でキャサリンは言った。「今夜はその気になれないだけだから。頭痛がするのよ」

「やめろってば！」ハルがうめいた。

マットはブランデーを飲みながら、キャサリンを黙って観察していた。キャサリンはちらりとマットを見てから、顔をそむけた。ハル自身の口から本当のことを言わせたかったからといって、マットにとってなにがかわるわけでもないだろう。キャサリンはマットに求められていることはわかっていたが、レインの問題も、束縛を嫌う彼の問題も残っている。ひとつ片がついただけのことだ。

バリーとジェリーが帰り、ハルが二階の自室へ引きあげるまで、マットはなにも言わなかった。ベティは刺繡《ししゅう》をしていた。マットは席を立ち、玄関ポーチで揺り椅子に座ってくると告げ、外の空気を吸わないかとキャサリンを誘った。

彼女は誘いを受けたが、ベティにおやすみなさいと言って、マットのあとについて外へ出たときは、少し怖かった。

しかし実際は、心配する必要はなかった。マットには星空の下のロマンスより、ずっと大切なことがあるようだった。

「座るんだ、ハニー。なにもしないよ」ためらっている彼女に、マットはいたずらっぽく言った。

キャサリンはマットの隣に腰を下ろした。彼の長い脚が揺り椅子をリズミカルにきしませる。虫の音が聞こえ、高速道路を行き来する車の音が遠くから聞こえてくる。ため息をつき、キャサリンはマットのたくましい腕に頭をあずけて目を閉じた。

「あの夜、ハルが言ったことがどうしてわかったんだい?」しばらくしてマットが尋ねた。

「わかったわけじゃないわ。あてずっぽうよ」

「あいつは、ひどく執念深いところがあるからな」マットは評した。

「ええ。でも、ちょうどよかったでしょう」キャサリンは影になった彼の顔を見あげた。

「あなたは、わたしを誘惑したことで、自己嫌悪を感じていたみたいだったから」

「そう思うかい?」マットは彼女を見おろしてぽつりと言った。

「わかっているわ。体の関係だけではなにも生まれない。わたしは子供かもしれないけれど、そのくらいわかるわ」

彼はキャサリンの髪を指でもてあそんだ。「こんなに短い髪はどうかな」

「ニューヨークだったら気に入られるわ」キャサリンはきっぱり言った。

「まだ、ニューヨークへ行きたいと思っているのかい?」

「ええ」キャサリンは急に自分の答えに自信がなくなった。

マットはたばこに火をつけてゆっくりと吸った。「エンジェルたちと働くのはいやかい?」

「そんなことはないわ。でも、一生、ここで過ごすつもりはないの。マット、わたしはバリーとは違うわ。牛がいればいいという世界には住めないの」

「すべてはお遊びだったというわけだね」

「なにが？」

マットは暗闇《くらやみ》をじっと見つめた。

「ぼくとハルを張りあわせたことさ」

「そんなことないわ」キャサリンは反発した。マットの腕のなかで首を巡らせて彼を見あげる。「あなたのほうこそ、遊んでばかりいるくせに。いつだってまわりに女性がいるわ」

「信頼できる女性だけだ」マットは訂正した。口にくわえたたばこの赤い火に照らされ、端整な横顔が見える。「彼女たちとのことは、ただ体裁を繕っているだけかもしれないよ。ここ二年は、修道士のような慎み深い生活だったかもしれない」

「冗談はやめて」キャサリンは答えた。「あなたは修道士というタイプじゃないわ」

窓からもれる薄明かりの下で、マットは彼女を見つめた。「ぼくは、たったひとりの女性を求めているのかもしれない」

「そうね」キャサリンは静かに言った。「もちろん、上品なレインのことでしょう」

一瞬、マットはためらいを見せた。「以前は、ぼくの女性関係なんて気にもとめなかったはずだが」

たしかにそうだった。「まだ、子供だったからよ」キャサリンは穏やかに答えた。

「いまだってそうさ」深みのある声でマットがつぶやいた。「きみは男のこともセックスのことも、ほとんどなにも知らない」

「あなたとママに監視されて、経験を積むのが難しかったからよ」キャサリンは言った。

「きみの経験は、ぼくが与えたものだけだ」彼は小さな声で言った。赤くなったキャサリンの顔を優しく見つめる。「レッスンは、まだ始まったばかりだ」

「いいえ、違うわ」キャサリンは言い返した。「もうお遊びにつきあう気はないもの！」マットから身を離して立ちあがる。

「ずいぶんびくびくしているんだね」マットが優しく言った。「目をちゃんと開けて見れば、恐れることはなにもないとわかるのに」

「あなたから見ればね！」

「そんなに痛くはないよ」背筋に震えが走るような声でマットは言った。「まったく痛くないかもしれない。ぼくなら優しくできる」

キャサリンは赤くなった。言い返そうとしても言葉が出てこない。彼の勝ち誇った笑い声を背中に受けながら、きびすを返して家に駆けこんだ。


キャサリンはとても忙しかったので、マットとよけいなことを話している時間はなかった。競売の準備をするのは、本当に大変な仕事だ。チェックしなければならないことが次々に出てきたし、招待状を発送する作業には、ほぼ二日を要した。

「とても終わりそうになかったけれど」とりわけ長く感じた一日の終わりに、エンジェルが言った。「どうやら、発送作業も終わったわね！」

「ええ」キャサリンはうんざりした口調で言った。

事務所のドアが開き、チェックのシャツにスラックスという格好でハルが入ってきた。「やあ」彼は言った。「フォートワースのサーキットに行く途中に寄ってみたんだ。一緒に行かない、キット?」

残念だが、キャサリンにはまだ仕事が残っていた。「せっかくだけれど」にっこりして言う。「とても、そんな時間はないわ」

「がっかりだな」ハルはため息をついた。「最初のテストだっていうのに、応援してくれる人がいないなんて」ポケットに両手を突っこみ、いつになく熱心にパソコンに向かっているエンジェルに視線を投げる。「あの、エンジェル、カーレースは好きかい?」

エンジェルがハルを見あげた。その目が大きく見開かれ、落ち着きがなくなる。「ええ、好きよ」ためらいがちに彼女は答えた。「おじが昔、レーサーをしていたの」

ハルはにっこりした。「ぼくとフォートワースへ行かない?」彼は穏やかにきいた。「そのあと、夕食でもどう?」

「そうね……」

「行きなさいよ!」キャサリンが勧めた。「マットだって気にしないはずよ。きょうは土曜日ですもの。しかも、残業しているんだから」

エンジェルは恥ずかしそうな笑みをハルに向けた。「それなら喜んで行くわ。着替えたほうがいいかしら？」

ハルはエンジェルの花柄のドレスを見つめて、ゆっくり首を振った。「とんでもない。そのままで充分すてきだよ」

エンジェルは頬を染めた。いまの彼女は、キャサリンが知っている冷静で有能な女性ではなかった。ふたりが事務所を出ていくまで、キャサリンは笑いだしたいのをこらえなければならなかった。

しばらくして、マットが事務所に入ってきた。キャサリンがひとりで働いているのを見ると、一瞬、とまどったように眉をひそめる。「アシスタントに見捨てられてしまったのかい？」彼は尋ねた。

「ハルの応援に行ったわ」キャサリンは答えた。「エンジェルには、あなたは気にしないって言っておいたわ」

「気にするよ」マットはぶっきらぼうに言った。「ハルのことは知っているだろう。これまでで最高の秘書を失いたくないからね。あいつはプレイボーイだからな」

「自分のことを棚に上げないで」キャサリンはたしなめた。最後の封筒をプリンターの横に置いてつぶやく。「ああ、疲れた」

胸もとのあいた白いブラウス、グレーのスラックス、首に巻いた明るいグレーの水玉模様のスカーフといった格好の彼女を、マットは眺めた。「一緒に夕食でもどうだい？」

キャサリンは不安そうに彼を見あげた。「どうしようかしら」

「牡蠣《かき》フライをごちそうするよ、キット」マットはさらに言った。

「牡蠣フライのためなら行くわ」キャサリンは立ちあがり、プリンターにカバーをかけた。

「でも、このあたりで牡蠣フライなんて食べられるかしら?」

二時間後、キャサリンはマットとともに、ガルベストンの高級レストランで食事をしていた。自家用飛行機で、ここまで飛んできたのだ。

「こんな高級店に入る格好じゃないわね」優雅に着飾ったまわりの客を見て、キャサリンはつぶやいた。

「ぼくにはすてきに見えるけれどね、ハニー」マットはワイングラスを手にして椅子の背にもたれ、白いテーブルクロス越しに彼女を見つめた。

「バーベキューパーティの準備は整ったわ」キャサリンが話題を振った。

「仕事の話はなしだ」マットは言った。「今夜は、ただの男と女だよ」

「まあ、どきどきするわね」キャサリンはにっこりして言った。「なにをするの?」

「それでは誘導尋問だよ」彼はワインをひと口飲んだ。「きみはなにをしたいんだい、キャサリン?」

「ひと晩だけでも、あなたの恋人の列に加わりたいわね」キャサリンは口を滑らせた。ワインを二杯も飲んでいたせいだ。飲むべきではなかった。

「ぼくが〝恋人〟と呼ばれる女性とデートしたら、そのしめくくりはどうなると思う？」

キャサリンはワインのおかわりを飲みほした。「そんなことわかっているわ。だけど、そういう意味で言ったんじゃないの」

マットはグラスをもてあそびながら、彼女を見つめた。「スローダンスから始めようか」そう提案する。

「それなら安全そうね」

たしかに安全だった。ただし、生バンドがけだるいブルースを演奏する狭いダンスフロアで、マットの腕に抱かれるまでのことだったが。

キャサリンはマットに抱かれて、彼の首に両腕を回していた。大学のパーティには何度も出かけたが、意中の男性とダンスをしたことはなかった。好きな人と踊ることが、これほどすばらしいとは思わなかった。膝から力が抜け、彼の体と触れあっている場所が熱を帯びている。不安がはっきり見てとれる大きな瞳で、キャサリンはマットを見あげた。

「緊張しなくていい」彼女の額に軽くキスして、マットは優しく言った。「音楽と愛を交わしているのだと想像してごらん」

「ええ、そんな感じがするわ、マット」彼の肌の香りを吸いこみ、力強い体のぬくもりを感じながら、キャサリンはささやいた。マットが鋭くターンした。キャサリンは腿が触れあうのを感じ、体を震わせた。

「こういうのは、どう？」マットは彼女の耳もとでささやいた。

「マット」さらに強くしがみつきながら、キャサリンは弱々しい声でささやいた。

マットは彼女の耳たぶを優しく噛んだ。「ここにはぼくのアパートメントがあるんだ」

「そうなの？」

「そこに行こう」

意志を強く持たなければ。キャサリンは目を閉じた。「だめよ」

「きみを傷つけたりしないよ」マットは息を吸った。

彼の腿に触れて、キャサリンの脚は震えた。「そんなこと言わないで」

「きみが欲しい」

「知っているわ。でも、だめよ」

マットは穏やかに笑った。「だめ？　きみは現代的な女性かと思っていたよ、キット。それとも、ニューヨークではこういうことが起こらないと思っているのかい？　きみが飛びこもうとしている世界では、パーティの余興のように気軽にセックスするんだよ」

キャサリンは少し体を引いて、彼のからかうような瞳を見つめた。「それで、わたしを誘ったの？　これは実地訓練？」

「きみには必要だと思ってね、無邪気なお嬢さん」マットは静かに言った。

「じゃあ、わたしをあなたの部屋へ連れていったとしたら、どういうふうに大都会で生き残る方法を教えるの?」キャサリンは挑発した。

マットは腕を伸ばしてキャサリンの体を遠ざけ、その瞳を射抜くように見てから、細い体に視線を這《は》わせた。そして、ふたたびきつく抱き寄せる。「ぼくなら、たくさん教えてあげられるよ」彼は息を継いで続けた。「でも、そうなったら、なにもかもがかわってしまう。ぼくたちの関係も、家族とのことも」

キャサリンはマットの広い胸に顔をうずめ、ダンスフロアを回りながら、彼のたくましさを感じていた。彼女の願いは、ベッドにマットとともに横たわり、男女の秘め事を知りつくすことだった。

背中を撫《な》でるマットの手を、シルクのブラウス越しにキャサリンは感じた。

「キット、ブラジャーをしていないのかい?」マットはかすれた声でささやいた。

キャサリンは胸の先端がかたくなるのを感じた。「ええ」

音楽に合わせて動いていた彼の体がこわばった。「それはまずいな。飛行機に戻ったら、このブラウスを脱がせてみたくなるだろうな」

キャサリンの目が大きく見開かれた。マットが冷ややかにそれを見返す。彼の手は、誘惑するようにキャサリンの背中を愛撫《あいぶ》した。

「きみだって、もうこんな場所にいたくはないはずだ」かすれた声でマットは言った。

「行こう」

キャサリンは、レストランを出たことも、タクシーに乗って滑走路まで戻ったことも覚えていなかった。熱に浮かされ、理性はすっかりどこかへ行ってしまっていた。

マットはタクシーの運転手に支払いをすませ、キャサリンを自家用飛行機に乗せると、外に残って機体の点検をすませた。しかし、彼は飛行機に乗りこんで扉を閉めても、滑走路に向かう様子はなかった。

マットは力強い腕でキャサリンを引き寄せて膝の上に乗せ、そのまま広くて心地よいシートの上に押し倒した。

「さて」マットはささやいた。「デザートにしようか」

キャサリンの唇をふさぎ、シルクのブラウスのボタンを手際よくはずしていく。キャサリンは欲望に満ちた彼の顔を、じっと見つめていた。

マットがゆっくりとブラウスの前を開いた。裸の胸にそそがれる彼の視線を、キャサリンは黙って受け止めた。

「なんて美しいんだ」マットは感嘆の声をあげた。「触れるのが怖いぐらいだよ、キャサリン」

マットの指が彼女の鎖骨に触れ、そこから胸の形をなぞっていった。その指がゆっくり下りていくあいだ、キャサリンは息を殺していた。

「シルクのようだ」自らの指の動きを目で追いながら、マットは言った。「ここ以外はね……とてもかたくなっている」

マットはキャサリンの胸の先端に触れて、彼女が体をそらせるのを見つめた。

「キット、ぼくはかなり忍耐強いほうだと思っていたけれど」荒い息でささやき、彼女の胸に唇を近づける。「我慢できないよ」

乳首を口に含まれ、キャサリンの口から叫び声があがった。驚くほどの歓《よろこ》びと痛いほどの欲望が渦巻いている。柔らかな肌にマットの唇の愛撫を受けて、キャサリンは彼にしがみついて声をあげ続けた。

「マット」震える手を彼の黒髪にうずめ、キャサリンはささやいた。「ああ、マット。夢にも思わなかったわ。考えてもみなかった……」

「きみの感触はすばらしい」マットは彼女の体に顔をうずめたまま、ささやいた。「きみの香り、この柔らかさ。キット、きみが欲しい！」

マットの唇がキャサリンの首筋を這いのぼり、その唇をふさいだ。キャサリンは直接マットの胸に触れたくて、彼のシャツの裾《すそ》をめくりあげた。柔らかな胸が自分の胸に押しつけられるのを感じて、マットは震えた。

「死んでもいいわ。もう、死んでもいい」彼にしがみつきながら、キャサリンがうわごとのように繰り返した。「マット……」

「そうだね」彼はキャサリンを優しく揺すりながら、唇を重ねた。「シルクのような、バージン」動揺をあらわにして彼はささやいた。「これがどんなに危険なことか、きみは知らない」

「わたしが欲しいと言ったじゃない」深い歓びを感じながら、キャサリンはささやいた。

「言ったさ。そう思っているよ。きみもぼくが欲しいんだね。でも、飛行機のなかで、初めての愛を交わすわけにはいかないよ、キット」

「なぜ、いけないの？」ぼんやりした目で彼を見あげて、キャサリンは尋ねた。

マットは柔らかな胸を見ようと、彼女から離れた。「なんて、美しいんだ、キット」そっと彼女の肌に触れながら、マットはつぶやいた。

「あなたが欲しいわ」キャサリンはささやいた。

「ああ。でも、こんな形ではだめだ」マットもささやき返し、キャサリンのまぶたにキスしてから、ゆっくりと彼女のブラウスのボタンをとめた。「そのときには、誰にも邪魔されないように、ベッドで楽しみたいんだ」

「いつ？」キャサリンはきいた。

「もうすぐだよ」マットは彼女の唇にそっとキスした。「でも、いまは家へ帰らなくては。きみを腕に抱いたままでは飛べないからね、ハニー」

数分後には、ふたりは空の上にいた。

牧場まで長くはかからなかった。リビングルームと玄関ポーチをのぞいて、屋敷は暗かった。ふたりがなかへ入ると、ハルが椅子に腰かけていた。

「楽しかったかい？」ハルが言った。

「ガルベストンで牡蠣を食べてきたの」キャサリンが説明した。

「そいつは、いいや」ハルはにやりとした。

「いつまでもそんな言い方をやめないと、わたしと結婚してもらうわよ」キャサリンは脅した。

「わかったよ」ハルはため息をついた。

「おやすみなさい。今夜はごちそうさま」キャサリンはマットに言った。ふたりだけになれないことにがっかりしていた。そして、瞳でその思いを伝えた。

「おやすみ」優しくほほえんでマットが答えた。

キャサリンはしぶしぶ部屋に戻った。ベッドに入って眠ろうとしたとき、軽いノックの音がした。

ドアを開けると、ハルが立っていた。

「マットが、きみと部屋を交換してほしいと言っているんだ」彼は言った。「バリーの牛に、目を光らせていたいらしい。きみの部屋からなら牛たちを観察できるからって」

キャサリンはおかしな頼みだとは思ったが、ワインの酔いもあり、あまり深く考えなかった。「いいわ」あくびをもらし、彼女はローブをはおった。

暗がりのなかで、マットの巨大なベッドに上がり、キャサリンはあっという間に眠りに落ちた。

翌朝、目を開けたキャサリンは、マットが隣で眠っている姿を見て、ひどいショックを受けた。しかも、彼はなにも身につけていないことが見てとれる。

キャサリンは体を起こし、片方の肩からローブをずり落としたまま、マットを見おろした。彼を起こそうとして、その胸に触れた途端、ドアが開いた。

信じられないという表情でそこに立っていたのは、コーヒーカップを手にしたベティだった。

10

ベティは彫像のように、長いあいだ身じろぎもせずに戸口に立っていた。それから、コーヒーカップを手にしたまま目をしばたたかせ、眉をひそめて首を振り、ドアを開けたまま部屋を出ていった。

「マット、起きて！」キャサリンは緊迫した声でささやいた。彼の体を揺さぶりながら、あたたかく引きしまった筋肉を感じ、がっしりした肩以外の部分にも触れたくなった。

マットはゆっくり目を開けて、彼女の瞳をのぞきこんでほほえんだ。「おや、天使くん。ぼくは眠ったまま死んでしまったのか？」

「いったい、ここでなにをしているの？」キャサリンは声を荒らげた。

「ここは、ぼくの部屋だと思うけれど」

マットが起きあがってシーツをめくったので、キャサリンはその下にあるものに一瞬目がいってしまい、真っ赤になった。

「そうさ、ここはぼくの部屋だ。間違いない。きみこそ、ここでなにをしているんだい？」キャサリンを見つめながら、マットがぼんやりと言った。

「シーツをまとってくれない？」キャサリンは頬を染めて目をそらし、マットが腰の上にシーツを戻すのを待った。

ハルを連れてベティが戻ってくると、マットは眉をつりあげた。

「ほらね？」まだベッドのなかにいるふたりを示して、ベティが言った。「言ったとおりでしょう」

ハルもふたりをじっと見つめた。「どうかな。きっと幻だよ。ぼくは昨日は酔っぱらっていたから。兄貴もね」

「幻なんかじゃないわ」ベティがつぶやいた。まじまじとマットとキャサリンを見つめる。

「ほかの人たちも呼んできましょう」

「見せ物にする気か？」マットは離れていくふたりの背中に怒鳴った。彼はキャサリンに向き直った。「ぼくのベッドで、なにをしているんだい？」

「あなたがバリーの牛を監視したいから部屋を交換したいと言っているって、ハルが……」彼女は咳《せき》払いをした。酔いがさめてみると、それがどんなにばかげた話かに気づいたのだ。「だまされたのね」

「そのようだ。だが、みんなもそう考えてくれると思うかい？」マットは指摘して、薄いネグリジェから透けて見える彼女の胸を見つめた。「おやおや、キット。いつもそんな格好で眠っているのかい？」

「じろじろ見るのはやめて」キャサリンはつぶやいた。

「自分をごまかさなくてもいいさ」マットは手を伸ばして柔らかな胸に軽く触れ、息を止める彼女を見つめた。「ここにおいで」

「マット……」

キャサリンがためらっていると、部屋の外から声が近づいてきた。

「なんてことだ」ばたりとあお向けになり、マットはうなった。「博物館の展示品になった気分だよ」

戸口に、たくさんの顔が現れた。

「ねっ？」ベティがほかの者たちに言った。

バリーとジェリーが目をみはっている。ハルもだ。それぞれがぶつぶつ言いながら顔をしかめた。

マットはうなりながらシーツを顔まで引きあげた。

「ひどいわ！」キャサリンはマットに文句を言った。「みんなあなたが悪いのよ。どうしてこのベッドで寝たりしたの？」

「これは、ぼくのベッドなんだぞ！」マットはぶっきらぼうに答えた。

「そんなこと、言い訳にならないわ」キャサリンはそっけなく言い、見物人に視線を移しった。「ハルの仕業よ！」ハルを指して責める。「マットが部屋を交換したがっているって言ったでしょう？」

「ぼくが？」ハルは驚きに目を丸くして叫んだ。「まさか！」

キャサリンは開いた口がふさがらない思いだった。「あなたが言ったんじゃない、嘘《うそ》つき！　マットが彼の部屋で寝てほしいと言っているって！」

「知らないよ」ハルは答えた。「それは濡《ぬ》れぎぬだ」

「生きているうちに、マットとキャサリンがベッドをともにしているところを見るなんて思わなかったよ」ジェリーが言った。

「そうよね」バリーが応じた。

「ショックだわ」エンジェルがいたずらっぽくにやりとした。

「ママ、いったい何人呼んできたの！」キャサリンは甲高い自分の声が、みんなには穏やかに聞こえることを祈りながら尋ねた。

「身内だけよ、ダーリン」ベティが答えた。「それと、エンジェルにミスター・ビーリーもいるわ。彼は牛のことでマットに会いにいらっしゃったの」

「お会いできて光栄です、お嬢さん」中年の男性が、にっこりして帽子をとった。

キャサリンは隣でぶつぶつ言っているマットへ視線を移した。うんざりしたようにため息をつき、同じように横になって頭の上までシーツをかぶる。

「この家では、本当のことを信じてくれる人なんていないわ」キャサリンが嘆いた。

「だから言っただろう?」マットはシーツの下で彼女にほほえんで同意した。

「おなかがすいたら、朝食を食べにいらっしゃい」一団が出ていくとき、ベティが陽気に言った。「急がなくていいから」ドアが閉まった。

「わたしの評判はがた落ちだわ」キャサリンはうめいた。「ハルの嘘つき!」

マットがシーツをはねのけた。「キット、もうニューヨークへは行けないな」

「いいえ! やっぱりニューヨークへ行かなければだめよ!」キャサリンは抵抗した。

マットは彼女の上に覆いかぶさり、両腕をシーツについて体を支えた。「そうじゃないさ、ハニー」穏やかに笑ってみせる。「ぼくたちの婚約を発表する必要があるからだよ。この噂《うわさ》が、オクラホマ州南部とテキサス州北部一帯に広がる前にね」

「婚約ですって?」キャサリンの心臓は飛びはねた。「本気じゃないわよね?」

「本気だよ」マットは物憂げにキャサリンの唇に軽くキスした。「きみはぼくが欲しいんだろう、キット。そして、ぼくはきみが欲しい。これは自然の成り行きだよ。結婚して子供をもうけ、牛を育てるんだ」

キャサリンの胸は早鐘を打った。「でも……」

キスしながらマットは彼女の胸に自分の胸を押しつけ、そのわき腹に手を這《は》わせた。突然、彼は横向きになってキャサリンを強く抱きしめた。

　キャサリンは声をあげた。

「キット」マットは瞳をかげらせ、震える腕でさらに彼女を引き寄せた。「なんて柔らかい肌だ。ビロード、シルク、魔法のようだ」

「マット、そんなことをしないで……。あなたは裸なのに」キャサリンは口ごもった。

　マットは彼女の瞳をのぞきこんだ。「ふたりとも裸になればいい」彼はささやいた。「そして、愛しあうんだ」

　キャサリンの唇が震えた。「だめよ」

「そうしたいんだろう」マットはささやき、彼女のまぶたの上にキスした。「違うかい？」

　マットの手が彼女の背中をたどり、ヒップに、そして腿に触れた。キャサリンは体を震わせた。マットはほほえみを浮かべ、ゆっくりとしたリズムで体をこすりつけてくる。

「ああ、マット……」キャサリンはあえぎ声をあげた。彼の胸にてのひらを押しあてると、引きしまった筋肉が震えるのがわかった。

「止めないでくれ」マットがささやいた。「ぼくに触れてくれ。ぼくがきみの体を知るように、きみにもぼくの体を知ってほしい」

　マットはキャサリンの手を自分の下半身へと導き、ショックを受けたように身をこわばらせる彼女にほほえみかけた。「結婚してくれ、キット」ひと呼吸置いて続ける。「そして、きみのなかにぼくを受け入れてくれ」

「からかっているのね」とても笑う気になれず、キャサリンは応じた。

「ぼくが欲しくないのかい、ハニー?」マットは彼女の唇が開くまで、かすめるだけのキスを繰り返した。「毎晩、ぼくの腕に抱かれ、ぼくの体を感じたいとは思わないかい?」

「でも、結婚だなんて……」キャサリンは抵抗した。「イエスと言うんだ、キット」マットがつぶやいた。

「でも、いまは……だめよ」彼女はなんとか言葉を絞りだした。「まだだめ。時間が必要だわ」

「よし、五秒あげよう」

「だめよ! 時間をちょうだい、マット」

彼はため息まじりに首をもたげ、真っ赤に染まったキャサリンの顔を見つめた。彼の髪はくしゃくしゃで、唇は腫《は》れぼったく、瞳にはあたたかな色が浮かんでいる。

「わかった。でも、きみの心が決まるまで、ぼくたちは婚約者だ。なんの用意もなく、下に集まるピラニアの群れに身を投じたくはないからね」

キャサリンは笑った。「ママは見物料をせしめたと思う?」

「もしそうなら、ぼくのとり分をもらいたいもんだね」マットがにやりとした。「さあ、起きるんだ。お嬢さん、ぼくを仕事に行かせてくれ」

「誰も止めていないわよ」キャサリンはからかった。

「じゃあ、失礼するよ。きみは気にしないようだからね」

キャサリンは、そのときになってようやく、先にベッドから出る機会をマットが与えようとしたことに気づいた。だが、もう遅かった。たくましい裸体をさらしてベッドのわきに立った彼を、思わず見つめてしまう。

そんな彼女を見て、マットはにっこり笑った。「初めてなんだね」彼はつぶやいた。「前にきみは、ぼくのために経験しなかったんだと言ったね?」

キャサリンはぼんやりしたままうなずいた。

「ぼくも、きみのためにいままで誰にもしなかったことがある。ぼくは、いつも暗闇《くらやみ》のなかで愛を交わしてきた。きみ以外の女性に、こんな姿を見せたことはないんだ」

キャサリンは彼を見あげた。「うれしい」かすれた声で言う。

「ぼくもだよ」マットはウインクして続けた。「また、ぼくが酔わせられる前に、ベッドから出るんだ」

キャサリンが絡まったシーツをはがして起きあがるあいだに、彼は背中を向けて服を着た。

「また、って?」ドアを開ける前に、キャサリンは立ち止まって振り向いた。

マットはちょうどスラックスのボタンをとめているところだった。彼は笑った。

「昨夜、ハルに飲まされたんだよ。酔っぱらってふらふらのまま部屋へ戻ったから、ベッドに人がいるなんて気づかなかった。あいつはぼくたちふたりをはめたのさ」

「どうして？」いぶかしげにキャサリンは尋ねた。「仕返しのつもりかしら？」

マットはキャサリンの瞳を見つめた。「いや」しばらくして彼は答えた。「償いのつもりだったんじゃないかな」

「いったい、なんの？」

「気にしなくていい。それより、難局を切り抜けるのが先だよ。さあ、行くんだ」

「はい、閣下」キャサリンは答え、彼の部屋をあとにした。


キャサリンがワイン色のパンツスーツに着替えて部屋を出ると、踊り場でマットが待っていた。茶色のチェックのシャツにジーンズといった姿を見て、キャサリンの鼓動は速くなった。マットはいつもすてきだったが、今朝の出来事のあとで、キャサリンのなかに彼に対する独占欲が生まれていた。

この婚約は今朝の出来事を家族みんなに知られたからではなく、マットが本気で結婚したがっているからだと主張するのは、尋常ではないだろう。しかし、キャサリンは婚約を本物にしたかった。マットと結婚し、彼の子供を産みたかった。たとえ彼に愛されていないことがわかっていても、レインとまだつきあっていることがわかっていても、一緒に暮らすうちに、愛してもらえるかもしれないからだ。

「どうして眉をひそめるんだい？」部屋から出てきたキャサリンを見て、マットがつぶやいた。

「ちょっと考え事をしていただけ」キャサリンはマットのそばに寄ってほほえみかけた。

マットは彼女に優しくキスした。「考えることはないさ。成り行きにまかせるんだ」キャサリンの肩に腕を回して、ふたりで階段を下りていく。

ふたりがダイニングルームへ入っていくと、すべての視線がそそがれた。

マットは全員のまなざしを受け止めた。「キットとぼくは婚約しました」ベティに告げて、弟に顔を向ける。「ハル、シャンパンをとってきてくれ。新しい朝食の習慣としよう」

「いいね！」ハルはくすりと笑って立ちあがった。「おめでとう！」

ベティもおめでとうと言ってキャサリンを抱きしめ、それからマットを抱きしめた。

「最近、あなたたちが見つめあっていることには、気がついていたのよ。こういうふうになるのも時間の問題だと思っていたわ」

「ママ、昨夜は……」キャサリンが言いかけた。

「いいの、心配しなくても」ベティはキャサリンの手を軽くたたき、娘をテーブルへ促した。「あなたたちは婚約したんだから、こういうことは起きるものなのよ」

ハルが自分の策略を告白する可能性はないようだった。キャサリンは、エンジェル、ミスター・ビーリー、ジェリー、バリーに順にほほえみかけてから、マットの隣に腰を下ろして、それぞれの祝福を受けた。

「彼女はなかなか強敵だったよ」マットがコーヒーカップに手を伸ばしながら言った。

「でも、ぼくが勝った」

「まだ、征服されたわけじゃないわ」キャサリンは軽口で答えようとしたが、ふいに今朝ふたりが見つけられたときの様子を思いだして、顔を赤く染めた。

マットが笑った。「嘘つきだな」

「ねえ、わたしの牛たちを見に来てちょうだい、マット」バリーが誘った。

「わかった」マットは同意した。「教会へ行ったあとで、ぼくたちを車で拾ってくれ」キャサリンは彼のほうを向いた。「わたしと教会へ行くつもり?」

「ときどき行っているじゃないか」マットは言った。

「年に一度でしょう」

「そう、改心したんだ」マットは請けあった。「結局、家族を持ったら男には責任が生じるんだ」

「まだ、子供もいないのに」

「すぐにできるさ」マットはにやりと笑った。

じっと見つめられて、キャサリンはどぎまぎしてうつむいた。

ハルがシャンパンを片手に戻ってきて、みんなのグラスにそそぎ、幸せなふたりのために乾杯の音頭をとった。

教会に行くと、キャサリンはとても誇らしい気持で、マットとベティとともに家族席についた。そのあと、バリーの牛たちを見に出かけた。

マットはキャサリンの隣で柵《さく》にもたれかかり、牛を見るなり目を見開いた。そこには、六頭の雌牛と一頭の雄牛がいた。雄牛をじっくり観察したのち、マットは笑い声をあげた。

「この子におかしなところなんてないわ」バリーがつぶやいた。「なにを笑っているの？」

「まいったな。彼を使って種つけをする気か？」マットがきいた。

「もちろんよ。だから、六頭も雌牛を買ったんじゃない。子牛をたくさんつくりたいの」

バリーはため息をつき、夢見るようにほほえんだ。

「あの雄牛にいくら払ったんだい？」

「四百ドルよ」バリーが答えた。

「気づかなかったのか」マットは優しく言った。「この年齢の純血種の受賞牛なら、最低でも五万ドルはするんだ」

バリーは首をかしげて、雄牛とマットを交互に見た。「彼になにか問題があるの？」

マットはカウボーイハットのつばを引きおろして、視線を隠した。「いや、彼をペットとして飼いたいならね」

「どういうこと?」

「こいつは食用だよ」

「ええ、わかっているわ」バリーはぼんやりうなずいた。「それと種つけとどういう関係があるの?」

「バリー」マットが静かに言った。「つまり、去勢されているんだ。種つけはできない」

バリーは咳払いをして、ジェリーのほうを見た。彼は笑うのをこらえて真っ赤になっている。

「あなたったら、知っていたのね! この雄牛を買ったときから知っていたんだわ!」

「ぼくのせいじゃないよ」ジェリーは噴きだした。「見ればわかると思ったんだ」

「食用の牛は見慣れているから気づかなかったわ」バリーは悲しげに叫んだ。「どうすればいいの?」

「そんなことで、落ちこむなよ」マットがにっこり笑った。「純血種のサンタ・ガートルーディスを飼育している男を知っている。千ドル前後で若い雄牛が手に入るから、好きなように育てればいい」

「マット、優しいのね!」

「千ドルだって?」ジェリーは目を丸くして尋ねた。

「文句は言わせないわ」バリーが夫をにらみつける。「あの間抜けな雄牛を買ったのは、あなたのせいなのよ。あの牛は牧草地に連れていって、のんびり老後を迎えてもらうことにするわ」

「きみのための借金を返しながら、ぼくも老後を迎えることになるわけだ」ジェリーはため息をついた。

「わたしなんて、毎日、料理をつくり、洗濯と掃除をしているから腰を痛めているわよ」

バリーがぶつぶつ言った。

ジェリーはため息をついて、背中を向けて歩きだした。文句を言いながら、バリーがそのあとを追う。

キャサリンはくすくす笑った。「かわいそうなバリー」

「これで、ひとつ賢くなったさ」マットが言った。キャサリンの体に腕を回して引き寄せる。そして、片手をその柔らかな頬にあてて滑らせた。「赤ん坊のことを考えると、すっかり熱くなってしまうよ」彼女にささやく。「きみは骨盤が広い。赤ん坊も産みやすいな」

キャサリンは心臓が口から飛びだしそうになった。「そんなことを考えるなんて」声が震えた。

「ずっと、それを考えているんだ」マットは彼女の額に優しくキスした。「きみをベッドに連れていき、愛しあうことを考えている」

「マット！」キャサリンの頬が染まった。まだ言い争っているジェリーとバリーをちらりと見る。

「ふたりには聞こえないよ」マットはキャサリンの瞳をのぞきこんだ。「ぼくと結婚してくれ、キット」

キャサリンの膝から力が抜けた。これはチャンスであると同時に、危険でもあった。だが、マットと結婚できるチャンスを棒に振ることはできなかった。彼はわたしの体が欲しいだけだ。キャサリンはそうわかっていたが、彼をかえることができるかもしれないという望みをいだいた。

「いいわ」キャサリンは穏やかに答えた。

「もう、とり消せないよ」低く深みのある声で、マットは警告した。

「とり消したりしないわ」

マットは優しく彼女の唇にキスした。キャサリンの頬に触れ、唇にかかった髪を指で払いのける。「一生かけて、きみを幸せにするよ」彼はささやいた。

マットの顔も声も真剣だった。ほんの一瞬、キャサリンは彼は本気なのだと信じそうになった。だが、ふいに、マットがにやりと笑ったので魔法はとけてしまった。

「さてと、これできみの抵抗は封じたな。どんな指輪が欲しい？」マットは尋ねた。

キャサリンはそんなことは考えてもいなかった。「ダイヤモンドは欲しくないわ」ぼんやりと答える。

「じゃあ、エメラルドはどうかな?」

「婚約指輪をエメラルドにしてもいいの?」

「うまく合う台座を見つければいいさ」マットが言った。「ダイヤモンドとエメラルド用の大きめの台座をね」

「すてき!」

「明日の朝いちばんで、フォートワースへ行こう」マットは約束した。

「でも、だめよ」キャサリンはうめいた。「新聞社に広告を届けなければならないの」

「途中で届ければいい」マットはなだめた。「心配する必要はないさ」

だが、キャサリンは心配せずにはいられなかった。心配なのは、仕事のことではなかった。マットだった。マットが結婚しようとしているのは、家族の手前だろう。別の方法では、わたしを手に入れることができないからだ。だが、新鮮味が薄れたらどうなるのだろう? レインのところへ戻るつもりだろうか? マットがそうするとは思えなかった。彼は必ず約束を守る人だ。でも、わたしといて彼は幸せだろうか?

その日一日、そんな思いがキャサリンを苦しめ、彼女はいつになく無口になっていた。

11

マットはキャサリンをフォートワースの一流宝石店へ連れていった。幸い、宝石のはめかえ時期だったので、マットは傷ひとつないみごとなエメラルドと台座を買い、その場で石をはめこんでもらうことができた。エメラルドが婚約指輪として使われたことはないようだった。そして、結婚指輪にふさわしいダイヤモンドとエメラルドの指輪があったので、それも買った。

キャサリンは指輪を見ると、夢見心地でマットを見あげ、何度もため息をついた。

「あなたの結婚指輪は?」マットがお金を払って、そろそろ行こうと言ったとき、キャサリンが叫んだ。

マットはにやりとした。「きみがはめさせたいなら、なんでもはめるよ。鼻輪じゃなければね」

「いまなら、鼻輪をつかんであなたを引きずり回すわたしの姿を思い浮かべることができるわ」キャサリンがまぜっ返した。

マットは彼女の鼻をつまんだ。「以前は、そう思えなかったのかい、ハニー？」

キャサリンは目をそらした。思えなかったわ。レインのことが頭にあったから。

「どうしたんだい？」マットが優しく尋ねた。「別に」キャサリンは無理に笑おうとした。

マットは金の平打ちの指輪が気に入った。キャサリンのエメラルドとダイヤモンドがついた結婚指輪も金の台座だったので、ふたつの指輪はしっくり合った。

「これで婚約成立だ」家へ帰る道すがら、マットがぽつりと言った。「もう家族から、探るようなまなざしを向けられることもない」

キャサリンは座席の背もたれに頭をあずけた。「ハルのせいよ。彼ったら、あんな嘘《うそ》をついたりするから……」

「もういいじゃないか」マットが明るく言った。「結婚式が間近になれば、みんなそんなことは忘れてしまうさ。婚約期間は短くていいかな、キット？　ぼくはそうしたいんだが」

「あなたは、わたしをベッドに誘いたいだけだわ」キャサリンはつぶやいた。

マットが彼女をじろりと見た。「そんなふうに考えているのかい？」

「それを、隠そうとしたことはなかったじゃない」

視線を路面に戻して、マットはたばこに火をつけて眉を寄せた。「そうだな。きっとそうだったんだろう」彼はぽつりと言った。「では、また戦略をかえなければならないな、キット」

どういう意味かわからなかったが、キャサリンは尋ねなかった。かわりに、自分は正しいことをしようとしているのだろうかと、何度も自問した。


それ以後、マットの行動を見ていると、キャサリンは結婚に自信が持てなくなった。彼は昔に逆戻りしたようだった。手を握ったり、眠る前に頬に軽くキスする以上のことはしなくなった。自分に興味をなくしたのだと、彼女は不安になった。競売のことに気をとられ、キャサリンは指輪を買ったあとの彼との会話を忘れていたのだ。

ふたりは、牧場の将来、キャサリンのこれからの仕事、政治、宗教、家族のことについてなど、いろいろな話をした。キャサリンは、別の角度からマットを知るようになった。ひとりの人間としての彼を理解し、すばらしい人だと思った。だが、彼はどうなのだろう。彼の望みは、わたしの体だけなのだろうか？　ひとりの人間として、わたしを見てくれることはあるのだろうか？　そう思うと、キャサリンはますます不安になった。


新聞に広告が出され、招待状も配られて、競売の準備は着々と進んだ。そして、いよいよ当日となり、ケータリング業者の車が時間どおりに到着した。

バイヤーが到着し始めると、キャサリンは手をもみあわせ、不安げにマットに視線を投げかけた。

「白髪になるぞ」ひと区切りついたとき、マットが言った。彼女のショートヘアを軽く引っ張る。「すべて順調だ。立派な仕事ぶりだよ」

キャサリンは彼の瞳を見つめた。「そう思う？」

「そう思うよ」マットは彼女の頬を優しく撫《な》でた。「これが終わったら、ふたりの時間をとろう。最終的に決めなければならないことが、いろいろあるからね」

「ずっと忙しかったから」キャサリンが言った。

「ああ」マットは彼女の額に唇をあてた。「競売を見に来るかい？」

キャサリンは首を振った。「ここでやることがたくさんあるの。あとでね」

マットはウインクした。「ぼくの分の料理をとっておいてくれよ。カウボーイは金払いもいいが、食欲もすごいからね」

「あてにしないで」キャサリンはほほえんだ。

マットは彼女を見つめた。その緑色の瞳は、露を宿した草原のようだ。ホルタートップの花柄のサンドレスを着たキャサリンは美しかった。

マットは静かに言った。「きれいだよ、キット。うちに戻ってきてから、ずいぶん大人になった」

キャサリンは彼にほほえみかけた。「うれしいでしょう？　それが、ずっと心に引っかかっていた悩みだったんでしょうから」

マットは首を振った。「心に引っかかっていたんじゃない。心に居座っていたんだ」謎《なぞ》めいた言葉を口にする。彼は背中を向けると、明るい色のデニムのスーツにブーツとカウボーイハットといった姿で、バイヤーのほうへ歩いていった。

キャサリンはうっとりと彼を見つめた。しばらくすると、ため息をついて目をそらし、テーブルの準備に戻った。

競売が終わるころにはすっかり暗くなっていた。ついにバーベキューパーティが始まった。キャサリンは結果が誇らしかった。マットは牛をほとんど売りきった。バンドがワルツを演奏するなか、妻を同伴してきた人々は音楽に合わせて踊った。

マットはウイスキーを飲みながらキャサリンに笑いかけた。「踊らないかい?」

ジャケットを脱いでシャツのボタンをはずしたマットは、危険な香りを持つ映画スターのようだった。キャサリンは彼の腕に身をゆだね、たくましい体の感触を楽しんだ。彼の背中に回した両手を這《は》わせ、肩のあたりで止める。

「うまくいったの?」キャサリンは疲れたような声できいた。

「とてもうまくいったよ」マットが答えた。「家族のみんなは?」

「ママはバリーとジェリーと一緒に、そのあたりにいたわ。食事のあいだは、お客さまを接待していたけれど。ハルとエンジェルもしばらくいたんだけれど、ふたりで出かけたんじゃないかしら」

「みんな、もうそろそろ帰る」マットはつぶやいた。「ぼくは、別れの挨拶《あいさつ》はすませてあるんだ。だから」彼女を引き寄せて小声でささやく。「どこか適当な場所を見つけて、愛を交わそう」

キャサリンの背筋に震えが走った。「いいの？」

一瞬、マットは体をこわばらせた。「きみはいやがっているのかと思ったよ」彼は言った。「ぼくは、そのことしか頭にないと思っているようだったからね」

「わたしたちは婚約しているのに」うつむいてキャサリンはつぶやいた。「何日もわたしに触れてさえくれなかったわ……」

突然、マットは彼女の手をとって人ごみを抜け、テラスから書斎に入った。マットは横開きのガラス戸のそばにキャサリンを立たせたまま、ドアまで行って明かりをつけずに鍵《かぎ》を閉めた。

「なにをしているの？」途中でシャツを脱ぎながら戻ってきた彼に、キャサリンはきいた。

「きみをひとりじめするための準備さ」小さな声でマットは言った。彼女を引き寄せ、ホルタートップの首の留め金をはずして腰まであらわにしてから、あたたかな胸に抱きしめた。

「マット！」キャサリンはあえいだ。

「とてもいい気持だ」マットは彼女の胸に自分の胸をこすりつけた。「もっと上へ」

　キャサリンはためらいがちに彼の首に両腕を回し、鼓動を速めながら爪先立ちになった。胸と胸、腰と腰、腿と腿が触れあえるように、マットは彼女を少し持ちあげた。

「さて」マットはささやいた。「踊ろう」

　それは愛を交わしているようなものだった。キャサリンは彼にしがみつき、その肌の感触を味わった。マットの動きに合わせて体を揺らしていた彼女は、裸の背中を滑る彼の手と、耳もとでささやく声に、はっと息をのんだ。

「きみに触れるのはすばらしいよ、キット」マットは静かに言った。「きみの鼓動を感じながら、こうしてぼくの胸が脈打っているのを感じるのもすばらしい」

「こんなにすてきなものだなんて、夢にも思わなかったわ」彼の肩にそっとキスしながら、キャサリンはささやいた。

「ここにキスしてくれ、ハニー」マットは体をずらして、かたくなった自分の乳首に彼女の顔を導いた。

　キャサリンは不思議そうに上目づかいで彼を見た。

「男だってそうしてほしいんだよ」彼女の唇がうまくそこにくるように導きながら、マットはにっこりして言った。

　キャサリンは彼の愛撫《あいぶ》を思いだしながら、唇を動かした。マットは体をこわばらせて、彼女の後頭部を押さえた。キャサリンの愛撫に、マットはうめいて体を震わせた。

「マット」彼の胸に手を這わせながら、キャサリンは誘うようにささやいた。その肩から引きしまった腰へと唇でたどっていくと、彼はわなないた。「横になってはいけないの？」

情熱でうるんだ瞳を上げて、彼女は尋ねた。

「そうなったら、ぼくは最後まできみを奪ってしまうよ」落ち着かなげにマットは言った。「ぼくがどうなっているか感じないかい？」

キャサリンは感じていた。彼を簡単に高ぶらせることができるのを知ってうれしかった。

「あなた、赤ちゃんが欲しいと言ったわ」やるせないかすれた声で、キャサリンは指摘した。

「欲しいさ」熱に浮かされたような荒い息で、マットは答えた。「ぼくだってきみが欲しい。でも、こんな形でじゃない」

マットは裸のキャサリンにじっくり味わうようなまなざしを向けたまま、彼女のウエストをつかんで、優しく体を押しやった。「なんて、美しい……」

彼がうやうやしい仕草で胸の先端に触れると、キャサリンはあえぎ声をあげた。

「紫色とクリーム色だ」

前かがみになり、マットは乳首を口に含んだが、それがさらに彼の欲望の火をあおった。

「お願い」キャサリンは目を閉じ、弓なりに体をそらした。「お願い……」

マットはキャサリンを抱き寄せ、怖くなるほど真剣な瞳で彼女を見おろした。彼の腕は震え、その瞳にはキャサリンへの欲望があらわだった。「いまは、そのときじゃない」彼は声を絞りだした。「きみを傷つけるかもしれない」

「かまわないわ」キャサリンは彼の唇にかすめるようなキスをしながら、うめくように言った。「あなたとひとつになりたいの」

キャサリンは体を震わせた。マットの唇が彼女の唇を開かせる。

「ぼくもだよ」マットはささやいた。「きみに愛しあう行為を教えたい。きみと抱きあいたい。キット、欲しいのはきみだけだ。ずいぶん長いあいだ、女性とは関係を持たなかったから……」彼女の積極的な唇にあおられて、うめき声をあげる。

永遠に続くようなキスのあいだに、ふたりはソファへ移動した。〝ずいぶん長いあいだ〟と言った彼の言葉は、キャサリンの頭にぼんやりと記憶されたにすぎなかった。でも、レインのことはどうなの？　そんな意識さえ、肌を焦がしそうなほど熱く燃えあがった欲望の炎にとりこまれ、薄れていく。彼の体に回した腕が震えた。そして彼女は、どこかで誰かがマットの名を呼んでいるのを意識した。

マットが動きを止めた。耳をそばだてて眉をひそめる。「ハルだ」ぽつりと言った。

キャサリンは彼の顔に指を触れた。「返事をしないで」せがむようにささやく。どうしてもいますぐ彼が欲しかった。

「そうはいかないよ」かすれた声でマットは言った。「いずれ、あいつはここにやってくる」

マットは彼女を隠すようにソファに横たわらせ、名残惜しそうに手を離した。「どうした、ハル」マットは叫んだ。

わずかな沈黙があった。

「ミスター・マードックが、確認したいことがあると言っているんだ！」

マットはミスター・マードックにぶつぶつと怒りをぶつけながらシャツのボタンをはめ、裾《すそ》をスラックスのなかにたくしこんだ。「いま行く！」マットは大声で答えた。

彼はキャサリンを見おろして、ソファから立ちあがった。動揺している彼女を起きあがらせ、着崩れたサンドレスを直してやる。

「すまない」マットは優しく言った。「ぼくだって、きみと同じくらいがっかりしているんだ。いや、それ以上にね」

「ウイスキーを用意しましょうか？」キャサリンが尋ねた。

マットは笑い声をあげた。「大丈夫。そこまでひどくはないよ」彼はつぶやいた。「なんとかなるさ。でも、きつけ薬にはなるかな」

キャサリンは明かりをつけて、バーコーナーでウイスキーをショットグラスについだ。それをマットに渡し、ぼさぼさになった彼の髪と腫《は》れぼったい唇を見あげた。マットは琥《こ》琥珀色の液体を飲みほした。

「ありがとう」いとしげにキャサリンを見つめながら、彼はグラスを返した。「いつかは、そうなる」マットは言った。「いつか、引き返すことができなくなる。いまだって、ハルが呼びに来なければ、ぼくたちは歯止めがきかなくなっていた」

「わかっているわ」明らかに残念そうに、キャサリンは答えた。「以前は、あれほど手に負えなくはなかったもの」

「もっと手に負えなくなるよ、ハニー」きまじめな表情でマットは答えた。「急がなければ、キャサリン。すぐにでも結婚する必要があるんだ」

キャサリンは不安そうに眉をひそめた。「マット……レインのことは?」静かに尋ねる。

「マット!」ふたたびハルが呼んだ。

マットはいらだたしげにため息をついた。「それは、あとで話そう」キャサリンにキスすると、穏やかな声で告げる。「眠らないで待っていてくれ」

「そんなことだめよ……」彼の唇に指を押しあてて、キャサリンは答えた。

「そうかもしれないな」沈んだ声でマットも納得した。「じゃあ、明日話そう」

キャサリンはうなずいた。「おやすみなさい」

「おやすみ、お嬢さん」

マットは彼女にほほえみを残して出ていった。

キャサリンは、ずいぶん長いあいだ彼が姿を消したほうを見つめていたが、やがて書斎を出て二階へ向かった。

そう、もう一刻の猶予もない。彼と結婚するか、逃げだすかだ。

どちらが理にかなっているかを考えながら、キャサリンは自分の部屋に戻った。

12

明るい陽光がダイニングルームに差しこんでいた。朝食をとっているのは、キャサリンひとりだけだった。ベティはまだ寝ているし、ハルとマットは仕事に出かけていた。マットが待っていてくれなかったのが、キャサリンは不思議だった。昨夜のようなことがあったのだから、なおさらだ。ふたりが愛を交わす寸前だったことを思いだすと、頬が熱くなった。あのまま結ばれていたら、いまごろわたしはどう感じていただろう？　そうなっていたら、マットはわたしと結婚するほかなくなっていた。彼はその覚悟があったのだろうか？　それとも、ただ理性を手放しただけ？

考えれば考えるほど、キャサリンは不安になった。じっとしていられず、立ちあがって部屋を行ったり来たりする。これまで毎日、事務所へ通っていたが、競売が終わったいま、仕事をする気はなかった。ジーンズに黄色いタンクトップという姿で、キャサリンは屋敷のなかを歩き回った。

マットと結婚して、チャンスをつかむべきだろうか？　それとも、このままニューヨークへ行くべきなのだろうか？　運命を決める時が来たのだ。

キャサリンはマットを愛していた。愛する彼のもとから去ることができるかどうか、自信がなかった。少なくとも、まだ求められているのだ。それだけでは不充分だろうか？

突然、正面玄関のドアが開いた。ちょうど玄関ホールにいたキャサリンは、飛びあがらんばかりに驚いた。振り向くと、戸口にマットが立っていた。

「おはよう」ためらいがちにキャサリンは言った。マットといると、ふいに少女のような恥じらいを覚える。

「おはよう」マットが応じた。「食事はすんだかい？」

「ええ」

マットは手を差しだした。「おいで。ドライブに行こう、キャサリン」

彼の指に指を絡めて、キャサリンは日差しのなかに出ていく彼にしたがった。

「どこへ行くの？」リンカーンの助手席に座ったキャサリンは、運転席に乗りこんだマットに尋ねた。

「自家用飛行機の滑走路さ。そこからダラス・フォートワース空港まで飛ぶ」

「そこからは？」キャサリンはさらにきいた。「そこから先へは行かない。ある人に会いに行く」

「そう」キャサリンはなんとなくがっかりした。マットと空を飛ぶのは好きだったが、そんなに短いフライトでは楽しむ暇もない。

マットはたばこをふかして、道路をまっすぐ見つめた。「キャサリン、昨夜のことだけれど……」

さて、いよいよだわ。キャサリンは身をかたくして待った。昨夜のことを謝るつもりなのね。それが違うとしたら、結婚式は挙げられないことに気づいたと言うつもりなんだわ。

「よく眠れなかったよ」マットは静かに話を続けた。「ふたりのことをずっと考えていたんだ。この婚約が成立した経緯をね」

「解消したいというなら……」ためらいがちにキャサリンが口をはさんだ。

マットは彼女に視線を投げた。「それがきみの望みかい、ハニー?」優しく尋ねる。「本当はどうしたいんだい? ぼくはきみを追いつめたのかい?」

キャサリンは彼のこわばった顔を見つめた。さあ、逃げるならいまよ。彼女は唇を噛《か》んだ。なぜ、言葉が出てこないの?

「口にする必要はないよ」マットは言った。「きみの気持はわかっているつもりだ。ぼくは、きみに考える時間を与えなかった。ぼくに対する気持を整理する時間をね。キャサリン、ぼくと結婚したくないのなら、きみを行かせてあげるよ——ニューヨークへ。それがきみの望みならね」

キャサリンは今日の彼に違和感を覚えた。眼光は鋭く、その表情もいつになく厳しい。

「あなたの気持はどうなの？」彼女はきき返した。

マットはそっけなく笑って、たばこを吸った。「ぼくのことを話しているんじゃないよ」

「そうね、あなたのことを話したことはなかったわ」ぶっきらぼうにキャサリンは言い、彼を見つめた。「あなたがどう感じているのか、なにを考えているのか、決してわからない。あなたはいつも、見知らぬ他人みたい」

「こんな状況では、ほかにどうなりようがある？」マットが鋭い視線を返した。「きみだって、なにも言おうとしないじゃないか」

口を開きかけてあきらめ、キャサリンはため息をついた。マットがなにを望んでいるのかはわからなかったが、もしかしたら結婚を考え直したのではないかと思うとぞっとした。

「もしも婚約を破棄してほしいと頼んだら？」キャサリンは探りを入れた。

「そうするさ」マットは答えた。

「喜んで、という感じね」キャサリンは明るく言った。「束縛されるのがいやなんでしょう？」

マットは彼女の顔を静かに見つめ、それから道路に視線を戻した。「本気でニューヨークへ行きたいなら、そう言ってくれ！」

キャサリンは大きく息を吸った。「いいわ。それがわたしの望みよ！」嘘《うそ》だった。

それから二キロほど、マットはなにも言わなかった。「よし」ようやく言った。「婚約は解消だ」

キャサリンの目に涙があふれた。だが彼女は、マットに涙を見られたくなかった。これでよかったのだとどんなに自分に言い聞かせても、役にたたなかった。彼女はひどく傷ついていた。エメラルドの婚約指輪をはずそうとしても、指が震えて抜くことができない。だが、キャサリンはこの指輪を長く指にはめていたくはなかった。すぐに返すつもりだった。


自家用飛行機でダラス・フォートワース空港に到着し、ターミナルのなかに入るまで、キャサリンは口を開こうとはしなかった。

「ところで、どうしてここへ来たの?」かすれた声でキャサリンはきいた。

「レインに会うためさ。ぼくが書類にサインできるように、ここまで来てくれることになったんだ」

「レインですって!」キャサリンは彼を見つめた。唇が震え、目が血走った。「彼女が来ることを知っていて、わたしをここへ連れてきたの?」彼女は大声で問いつめた。「どうしてそんな仕打ちができるの!」

マットの眉がつりあがった。だが、彼がなにか言う前に案内カウンターからの呼びだしがあった。

「こっちだ」マットは彼女の腕をつかんで引っ張った。「用がすんだら、なぜあんなに声をはりあげたのか説明してもらおう」

「あまり、期待しないほうがいいわ」キャサリンは言い返した。

マットが彼女を引きずっていった案内カウンターで、六歳くらいの子供に向かってほほえむ、背の高い大柄な黒髪の女性が待っていた。

マットは女性と挨拶《あいさつ》を交わすと、ふたりの女性をそれぞれ紹介したあと、あらためてレインに言った。「すぐに来てもらって助かったよ」

「気にしないで」レインは笑った。「末っ子がうるさいから連れてきちゃったの。なにしろ三人も子供がいるから……」その言葉が、キャサリンを打ちのめした。「夫もわたしも食費を稼ぐために、必死で働いているようなものだわ。子供たちがいったいどれほど食べるか見てほしいくらいよ！」

マットが必要な書類にサインしているあいだ、キャサリンは呆然《ぼうぜん》とそばに立っていた。マットがレインとつきあっていると信じていたから、結婚したくないと嘘をついたのだ。それなのに、レインはどう見ても家族を愛している既婚の女性だ。マットとのつきあいに、仕事の関係以上のものは見あたらない。キャサリンは死んでしまいたかった。どうして、こんなにひどい思い違いをしたのだろう？　マットはなぜ、わざわざ誤解を招くような言い方をしたのだろう？

マットが仕事を終えると、キャサリンはレインに別れの挨拶をして、自家用飛行機に戻る彼のあとを追った。

コマンチ・フラッツの滑走路に着くまで、ふたりのあいだには重苦しい沈黙がたれこめていた。

「彼女は結婚していたのね」リンカーンに乗りこんだキャサリンは、隣に座ったマットに弱々しい声で話しかけた。

「そうさ」マットは静かに答えた。

「エンジェルは、彼女がいつも電話してくるって言っていたわ」

「もちろん。この契約をまとめるために、長いあいだかかったからね」マットはため息をつき、たばこに火をつけた。「今朝、契約がまとまったんだ」

「ハルが、あなたとレインは長く続いているって……。だからわたし、てっきり……」キャサリンはつぶやいた。「それに、あなたはわたしにそう信じさせようとしたわ。なぜ？」

マットは肩をすくめた。「ゲームさ。しばらくは勝てると思えたんだが」

やはり、わたしは正しかったのだ。レインについては早合点してしまったけれど、ゲームには違いなかった。彼はおもしろがっていただけなのだ。窓の外の景色を眺めるキャサリンの瞳から、涙がこぼれ落ちた。

ふたりは牧場に戻った。キャサリンはマットをちらりと見た。そこにいる彼は、やはり見知らぬ他人のようだった。冷ややかな顔をしたこの男性と、この数週間明るい笑顔を見せていた男性とは、本当に同一人物なのだろうか。そのとき、ふとキャサリンの頭に浮かぶ思いがあった。もしかしたら、彼が明るく笑っていたのは、きまじめな性格を隠すためだったのではないだろうか。彼女は、マットのことをなにひとつ知らなかったような気がした。ニューヨーク行きを喜ぶ気持はすでになく、むしろ恐れてさえいた。

マットは屋敷の正面玄関の前で車を止めて、キャサリンが降りるのを待った。いまここで車を降りてしまえば、ふたりのあいだのすべてが消えてしまう。キャサリンはそう感じた。外は土砂降りだったが、彼女の心のなかは、嵐《あらし》の様相を呈していた。

キャサリンはマットを見た。しかし、彼はちらりとさえ視線をくれようとしない。

「マット?」キャサリンは優しく呼びかけた。

「もう、なにも話すことはないよ、キャサリン」マットは静かに答えた。「すべて、終わったんだ」

「あなたを信じるべきだったのね?」ばらばらだったパズルのピースがあるべき場所におさまった思いで、キャサリンは尋ねた。「あなたは、恋人がいながら別の女性とつきあえる人じゃないって気づくべきだった。それなのに、考えてもみなかったなんて」

マットはゆっくりと首を回し、まじまじと彼女を見つめた。「きっと、考えたいとも思わなかったんだろう」そう指摘して、たばこをとりだす。「きみはとても若いんだ、キャサリン。きみには、なにが起きているのか理解するだけの経験がなかった」

キャサリンは考え深げにほほえんだ。「いまはすっかり大人になった気分よ」

マットは首を振った。「きみには時間が必要だった。それなのに、ぼくはそれを与えなかった。忍耐は、ぼくの美徳には含まれていないんだ」つけてすぐに、たばこの火を灰皿でもみ消す。「ニューヨークへ行くんだ、ハニー。そこへ行けば、お似合いの誰かを見つけられる……」

「いやよ！」

キャサリンは、その言葉に思いのたけをこめるつもりはなかったが、実際はそうなってしまった。

マットが彼女のほうに顔を向けた。苦悩に満ちたキャサリンの顔を探ると、体をこわばらせて息を止める。

キャサリンは彼から視線をそらさなかった。ふさわしい言葉が見つけられず、唇が震えた。

マットの表情は険しくなり、彼女のすがるような視線を受け止めて、強いきらめきを放った。「愛している」荒々しく言う。「そう聞けば満足かい、キット？」

キャサリンの頬を涙が伝った。涙のなかでほほえみを浮かべる。虹《にじ》が出たのだ。キャサリンのあらゆる夢が実現した。天国だ。

「なんてことだ」動揺してささやき、マットはキャサリンに手を伸ばした。

マットに思うまま唇をむさぼられ、キャサリンはその胸にきつく抱きしめられた。雨が車の屋根にたたきつけるように降っている。キャサリンは両手を彼の髪に差し入れた。「愛して」キャサリンはささやいた。「愛して、マット」

マットの手が、ブラウスの下のあたたかく柔らかなふくらみをまさぐり、うっとりするような優しさで愛撫《あいぶ》した。

「嫉妬《しっと》していたの」キャサリンは彼の耳もとに唇を近づけてささやいた。「あなたを愛していたわ。だけど、レインの噂《うわさ》を聞いたから、あなたの態度をまじめにとるのが怖かったの。あなたが遊びのつもりだったら、わたしはこの先、生きていけないと思ったから」

雨が世界とふたりのあいだにベールをかけていた。マットはかすれた声で笑い、キャサリンの体を引き寄せた。「とんでもない勘違いだよ」彼はささやいた。「きみをもてあそぶなんて。ぼくを男として見てくれるようになるまで待ち続けて、気がおかしくなりそうだった。それが牧場へ戻ってくるなり、ニューヨークへ行くなんて言いだした。世界の終わりのような気がしたよ！　しかも、ハルのやつがいろいろと邪魔をしてくれて……撃ち殺してやろうかと思ったよ」

「わたしだってそうだわ」キャサリンは彼の首筋に顔をこすりつけた。「でも、あなたにはいろいろな女性たちがつきまとっていたから、わたしを好きだなんて思ってもみなかった」

「体裁をとり繕っていただけさ」マットは白状して、瞳にあたたかな色を浮かべて彼女を見つめた。「キット、バーベキューパーティのあと、もう少しで一線を越えそうになったときのことを覚えているかい？　ずいぶん長いあいだ女性と関係していないと、ぼくは言っただろう？」

キャサリンはわずかに赤くなりながらうなずいた。

マットは震える指を彼女の唇にあてた。「二年間、ぼくは女性と関係していないんだ、キット」かすれた声でささやいた。「緑色の瞳と、若々しい笑顔に魅入られてしまったと気づいてから、ずっとね。これからの人生で見ていたいのはそれだけだった」

キャサリンはなんと言ったらいいのかわからなかった。いまなら、はっきり彼が愛してくれているのがわかる。彼女はマットの顔に指を伸ばした。「なんて鈍感だったのかしら」

「ぼくだってそうさ」マットが答えた。「すべてのしるしがそこにあったのに、ぼくはきみを失うことに不安になるあまり、それを読みとることができなかった。キット、きみをだますみたいに婚約を進めてしまったけれど、なにがなんでもそうしたかったんだ。きみと結婚したい。子供を持ちたい。ともに眠り、この先ずっときみを愛し続けたい。きみが出ていってしまったら、ぼくはもう生きてはいけない」キャサリンのあたたかい唇に唇を近づけて、彼は情熱的につぶやいた。「愛している……」

マットにキスされたキャサリンは、涙があふれてくるのを感じながら体をあずけた。ふたたびブラウスの下にもぐりこんできた彼の手が、胸の柔らかなふくらみを包みこんだ。彼女は小さく声をもらしてほほえんだ。

「ハルにだまされた夜のことだけれど、わたしがベッドにいることに気づかなかったの？」かすれた声でキャサリンはささやき、胸の先端に触れられて息をのんだ。

「気づいていたよ」かすかにほほえみ、マットは打ち明けた。「でも、またとないチャンスだったからね。これぱかりは、ハルに感謝しなければならないな。あいつなりに、償おうとしたんだろう。ねらいは正確だったというところかな。ありがたく便乗させてもらった。結婚さえできれば、ぼくを愛することを教えられると思ったんだ」

「そんな必要はなかったわ」キャサリンは告白した。

「そうだね」マットは認めた。「でも、ほかのことは……」

「その前に、結婚してくれなければだめよ」キャサリンは言った。「それに……」あえぎ声をもらし、愛撫する彼の手にさらに体を押しつける。「ねえ、マット。急いだほうがいいと思うわ！」

「ぼくもそう思う」マットは彼女の唇にささやいた。「すごくきみが欲しいよ、キット。体で愛を示したい。結ばれて、ひとつになるんだ。これまで、こんな思いは経験したことはなかった。誰も愛したことがなかったからね」

すなおに愛を語った言葉だった。キャサリンはうっとりして彼を見あげた。肌と肌が重なり、彼とひとつになる瞬間を思い描く。体中を彼に愛撫され、性急に求められて、同じリズムを刻みながらともに高みを目指すのだ。リアルな想像に、彼女はぱっと頬を染めた。

それを見ていたマットが、うめき声をあげて彼女の唇をふさいだ。

「ぼくだって目に浮かぶさ」マットはささやき、彼女を強く抱きしめた。「目に浮かぶし、感じるよ。ぼくたちが愛しあう様子がね。ぼくの下できみが声をあげて、ぼくの背中にすがって……」

「マット！」キャサリンはこれ以上ない甘い歓《よろこ》びに体を震わせ、鼓動の速い彼の胸に顔をうずめた。

「ぼくは優しいよ、キット」マットは息をついて続けた。「きみを大切にする」

「わかっているわ」キャサリンは目を閉じてささやいた。「だから、愛しているの」

「さあ、キスして」

しばらくして、彼が満足するころには、外の世界をしめだすように車の窓ガラスは曇っていた。

誘うような、うるんだ瞳でキャサリンは彼を見あげ、その腕に抱かれていた。

「わたしに、仕事をさせてくれるつもりはないのかしら？」キャサリンがからかった。

「きみがそうしたいなら」マットは驚いたように答えた。「ぼくの仕事の宣伝をすべて手がければいい」

「もちろん、お給料は払ってもらうわよ」キャサリンはそれを受けた。

マットはほほえんだ。その顔には彼女への独占欲があらわだった。「ああ、いいよ。それに、すばらしい特典つきだ」

「保険と退職金かしら?」

「そのうえ、ボスとベッドをともにできる」マットは満面に笑みをたたえて答えた。

キャサリンは上目づかいに彼を見あげた。「すばらしい特典だわ」

「ぼくにとってもね」キャサリンの体にゆっくり視線を這《は》わせて、彼はつぶやいた。

マットが彼女をさらに引き寄せようとしたとき、車の外で声がした。

「本当に、ふたりがなかにいると思う?」ハルが尋ねた。「たしかに、窓は曇っているけれど」

「だから、ふたりはなかにいるっていうことよ」ベティが答えた。「ほら、ドアをノックしてごらんなさいな」

「だけど、兄貴に殴られるのはいやだな」

マットはため息をつき、手を伸ばしてウインドーをわずかに下げた。「なんだ?」傘の下で体を寄せあっているハルとベティに尋ねる。

ハルとベティはすぐに理解した。ふたりの腫《は》れぼったい唇、うるんだ瞳、そして、キャサリンのくしゃくしゃのブラウスと、マットのボタンのはずれたシャツ。ふたりはにやりとした。

「シャンパンでもどうだい?」ハルが提案した。

「持ってこいよ」マットが同意した。「たしかに、シャンパンを飲みたい気分だ」

キャサリンは将来の夫のあたたかな瞳を見あげ、愛情のこもった笑みを浮かべた。たしかに、シャンパンが飲みたい気分だった。これからふたりで暮らすようになれば、毎日そんな気分になるだろう。

ハルとベティがいなくなると、キャサリンはそうマットに告げた。ウインドーを下ろして顔を近づけてくる彼に、キャサリンはほほえんでみせた。

●本書は、2000年1月に小社より刊行された作品を文庫化したものです。

初恋は切なくて
2024年1月1日発行　第1刷

著　者　ダイアナ・パーマー

訳　者　古都まい子（こと　まいこ）

発行人　鈴木幸辰

発行所　株式会社ハーパーコリンズ・ジャパン
東京都千代田区大手町1-5-1
03-6269-2883（営業）
0570-008091（読者サービス係）

印刷・製本　中央精版印刷株式会社

定価はカバーに表示してあります。

Printed in Japan © K.K. HarperCollins Japan 2024 ISBN978-4-596-53162-9

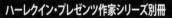